COLLECTION FOLIO

Gérard Macé

Le dernier des Égyptiens

Gallimard

© *Éditions Gallimard,* 1988.

Gérard Macé est né à Paris en 1946.

Depuis 1974, il a publié chez Gallimard et Fata Morgana des livres qui sont autant d'interrogations, de rêveries sur les lieux et les signes, sous la forme du poème en prose, de l'essai ou du récit.

Il a reçu le prix France Culture 1989 pour *Le dernier des Égyptiens*.

Champollion ne savait pas lire.

Il ne savait que déchiffrer, capable de suivre en s'interrogeant, pendant des heures et des jours, le tracé des lettres d'abord, le contour des hiéroglyphes un peu plus tard, — mais incapable d'oublier le truchement des signes, comme s'il voulait à chacun d'entre eux arracher un secret. Auparavant, il avait dû comme nous tous (mais qui s'en souvient?) renoncer à comprendre le langage des étoiles, sans pour autant se limiter à celui des livres dont il voyait briller les titres à l'or fin, sur les rayons de la librairie paternelle. En somme, c'est avec une ombre de résignation qu'il applique son génie aux choses humaines; et même s'il remonte aussi loin que possible dans l'espace et dans le temps (jusqu'aux cataractes du Nil, autant dire au déluge), il sait pour avoir contemplé souvent le ciel que l'immensité n'est pas moins grande quand on la peuple de monstres ou de divinités, et que le vide ne saurait être comblé par quelques noms arbitraires, en dépit de ce que voudraient faire croire les astronomes et les prêtres.

Malgré sa clairvoyance teintée de tristesse, malgré l'apathie dans laquelle il paraît sombrer quelquefois, Champollion n'oublie jamais que « l'enthousiasme est la vraie vie ». La passion qui lui vient de l'enfance et qui semble plus forte que lui, le curieux magnétisme dont témoignent tous ceux qui l'ont approché, il les a peut-être hérités d'un charlatan, dont la prédiction fit de lui un génie désigné. Grâce à cette naissance miraculeuse (comme celle de Ramsès*[1]), il sait à quoi s'en tenir au sujet des miracles, et la légende familiale qui lui donne en partage l'assurance et le doute, le prédispose peut-être à dissiper les nuées du mysticisme autour des hiéroglyphes, même si des siècles d'ignorance, et la troublante histoire d'un sens perdu puis retrouvé, empêchent de voir en eux des signes comme les autres.

C'est pour déchiffrer cette écriture qu'on prétendait sacrée, c'est pour admettre en fin de compte que l'image d'un vautour, d'une chouette ou d'une vipère à cornes note un son de la voix humaine autant qu'elle semble imiter la nature, mais c'est aussi pour la joie de

---

1. Les astérisques renvoient aux « Scholies » placées en fin de volume, p. 89.

reconnaître un lion dans le nom de Cléopâtre, que Champollion entreprend avec méthode («ni charlatanerie ni mysticité», affirmera-t-il par la suite) d'apprendre l'arabe et l'hébreu à l'âge où l'on cultive plutôt son ennui devant des versions latines, et de lire Hérodote en tâchant de démêler le vrai du faux. Avec la même obstination il ira suivre à Paris les cours du Collège de France, pour parler très vite d'égal à égal avec des professeurs qui ne lui en sauront pas toujours gré ; avec le même amour il ira entendre la messe en copte, il examinera à la loupe de mauvaises copies de la pierre de Rosette, il s'évanouira d'émotion devant son frère quand il sera bien sûr d'avoir trouvé, boira enfin l'eau du Nil avant de revenir malade sur les bords de la Seine, à bout de forces alors qu'il n'a pas quarante ans.

Mais on peut bien classer, traduire, interpréter des centaines et des milliers d'inscriptions, ce n'est pas encore lire, si l'on admet que lire consiste au contraire à ne plus s'apercevoir de la présence des signes, pour qu'apparaisse une rivière dans la prairie au lieu des méandres d'une écriture, un château crénelé à la place des caractères plus réguliers de l'imprimerie, et comme dans les enluminures, derrière la lettre qui s'efface une profusion de fruits, de feuilles et de fleurs nous faisant croire à la fin que les choses pourraient procéder du langage comme si elles naissaient d'une corne d'abondance. Cette traversée des signes, transparents au point d'en être invisibles, permet aussi de passer d'une langue à l'autre et de faire parler les morts, mais si la vision colorée qui s'impose à notre esprit emprunte alors à la mémoire (au point de confondre des forêts du Nouveau Monde avec ce qui reste de bois en Île-de-France, ou n'importe quel mur effondré avec les ruines d'un temple, et de reconnaître une silhouette familière dans l'évocation d'un roi comme dans celle d'un enfant trouvé), c'est sans souvenir aucun de l'apprentissage de la lecture, de cet effort oublié dont nous avons fait une opération magique, au cours de laquelle les mots et les choses ont commencé dans nos esprits leurs tours de passe-passe. C'est au contraire ce temps-là que Champollion ne veut pas quitter, cette opération qu'il veut prolonger à l'infini, ou du moins revivre à volonté. Depuis son premier travail de déchiffrement, depuis qu'il apprit à lire seul en suivant les mouvements des lèvres de sa mère, et grâce aux *réclames* dans les livres anciens*, il ne se lasse pas de voir le sens apparaître, comme si c'était à chaque fois la vie qui revenait.

Une fois cependant, contraint de délaisser ses travaux à cause d'une attaque de goutte, et peut-être pour se délasser d'une enfance trop sérieuse, Champollion consent à lire plus librement; ou plutôt, comme pour prouver dans le même temps qu'il en est incapable, on lui fait la lecture à voix haute. Il le raconte lui-même, le 16 janvier 1828, dans une lettre à celle qu'il appelait « Zelmire », une poétesse italienne à qui il avait donné ce surnom théâtral et affectueux pour mieux en faire sa confidente* : « Le 26 décembre, la goutte, qui voulait probablement être la première à me donner mes étrennes, vint s'asseoir insolemment sur mon genou gauche où elle est restée jusques avant-hier, sans compter une incursion de quatre jours qu'elle a faite à mon pied gauche. Me voici enfin libre depuis deux jours et j'ai quitté le lit ou le canapé sur lesquels j'ai passé de longues heures, incapable de la moindre occupation. On m'a lu des romans pendant ce temps et je vous recommanderai particulièrement ceux de l'Américain Cooper, surtout *Le Dernier des Mohicans*, *Les Pionniers* et *La Prairie*, qui se forment une espèce de suite les uns aux autres. »

En suivant cette piste romanesque, Champollion pendant quelques jours est loin de l'Égypte où il n'est d'ailleurs pas allé, mais où il se rendra l'été suivant, pour recopier des milliers de hiéroglyphes, suer dans la fournaise et respirer l'air confiné des tombes, dans un désert dont il a fait sa terre d'adoption, et que les cartes anciennes signalaient par la présence d'un lion couché assorti de la légende UBI RUGENT LEONES, pour bien marquer le début d'un règne où l'on n'entend plus que le rugissement du fauve à la place de la parole humaine. Cependant, grâce à l'un de ces détours que s'offrent aussi bien le promeneur que l'érudit, et qui ne les éloigne qu'en apparence, Champollion parmi les Mohicans est au cœur de ses préoccupations : non pas les seuls hiéroglyphes, mais les mots de la tribu, et au-delà du langage les mille et une façons d'être homme. Même s'il ne partage pas les croyances de ses contemporains, qui voyaient dans les Indiens d'Amérique les descendants égarés des Égyptiens, « les mœurs et les coutumes des nations sauvages » éveillent en lui un souci ethnographique, et lui rappellent les leçons cruelles de l'histoire.

Dès lors, on peut imaginer avec lui la rencontre imprévue d'une civilisation qu'il s'applique à faire revivre, et d'une autre qui va bientôt disparaître : dans la lumière du couchant, le long du chemin que parcourent les âmes, le pharaon et le chef indien qui se saluent en silence ; et derrière eux, des générations à la file comparant leurs coiffures, leurs arcs et leurs flèches, les plumes de l'autruche et celles de l'aigle, leurs corps peints en rouge et leurs bras croisés sur la poitrine, les ongles dorés des uns et les cicatrices des autres. Ce qu'ils taisent et que Champollion ne cesse de se dire, c'est que les visages pâles qui massacrent les bisons sont les descendants des Romains, qui mirent le feu à la bibliothèque d'Alexandrie.

L'ombre du lion

Dans sa lettre à Zelmire, Champollion parle de la goutte qui le fit tant souffrir en effet, lui faisant quelquefois des pieds enflés comme Œdipe; il parle du canapé avec lequel, contraint et forcé, il dut faire corps pendant plusieurs jours; mais il ne souffle mot de la voix qui lui faisait la lecture, le transportant vers une forêt à déchiffrer puis vers cet autre désert qu'est la prairie américaine, comme jadis la voix de sa mère vers les paysages de la Bible et les palmes de l'Orient. Cette voix qui n'appartient à personne, et qui lui rappelle que l'alphabet lui aussi, avec ses consonnes et ses voyelles, peut évoquer des mondes enluminés et lointains, était-ce la voix inévitable du frère, ou la voix fragile de la pauvre épouse?

Jacques-Joseph Champollion, qu'on appela Champollion-Figeac puis Figeac tout court, comme si le nom de famille était réservé à la seule gloire du déchiffreur, était né douze ans avant celui-ci, en 1778. L'aîné fut le parrain du cadet selon l'usage de l'époque, puis son précepteur quand il devint évident que le génie précoce du jeune Jean-François, avide et rêveur quand il n'était pas découragé, ne pouvait plus se satisfaire des leçons généreuses mais trop simples de Dom Calmals, un bénédictin que le père Champollion avait abrité sous son toit pendant les troubles révolutionnaires. C'est pourtant le souvenir de ces leçons en plein air, dans les ruines et les remparts de la ville, dans les prés et les bois alentour (ou le long des sentiers qui mènent, sur les hauteurs de Figeac, à ces curieuses aiguilles en forme d'obélisques, posées là depuis le XIIIe siècle), qui feront dire à Champollion parlant de sa propre fille que l'enfance est un « âge si heureux et si rapide ». Il faut dire que l'enseignement quasi rousseauiste du religieux, de semaine en semaine un peu plus embarrassé par les questions du gamin dont il reconnaissait le « génie si particulier », consistait avant tout à ramasser insectes, fleurs et coquillages en mettant un nom sur chaque chose, à trouver les critères des genres et des espèces en classant la cueillette. Il y avait là de quoi satisfaire chez l'enfant son don très développé de l'observation et son goût de la nomenclature, ce goût qui pousse tous les collectionneurs de langues, non seulement à se tourner vers l'origine, mais aussi à prendre la nature pour un grand livre, en mêlant à plaisir la botanique et la grammaire, les dictionnaires et les herbiers.

Quand Champollion quitte Figeac en mars 1801, pour suivre son frère à Grenoble et devenir interne au lycée (où il se plaindra de sa « misérable existence », une vie « resserrée » entre le devoir de latin et la « tizanne pectorale » de l'infirmerie), il a déjà perdu, au moins en partie, sa joie purement enfantine. Son entourage l'a vu « tantôt fougueux et pressé... tantôt lâche et abattu », craignant de « trouver des bornes à ses désirs d'apprendre », comme l'écrira Jacques-Joseph à son ancien précepteur. Outre sa peur, que tout laisse deviner, de n'être pas à la hauteur de son rêve, c'est-à-dire aussi d'une ambition qui n'est pas seulement la sienne, d'une vocation qui fut d'abord celle du frère aîné, Champollion a pu voir dans les livres et dans les rues, et même sur la place de la Raison, l'injustice triomphante et l'idéal bafoué ; il a compris très tôt, rançon de la précocité, l'indifférence des hommes et la cruauté de l'histoire. Aux questions qu'il se pose il sait qu'il n'aura pas le quart des réponses, malgré ses dons et son acharnement ; il sait aussi que l'illumination intérieure dure le temps d'un éclair, et que tout le reste est un faux jour.

Aussi est-il prêt à tomber sous la coupe de son frère, qui va veiller sur son adolescence, puis ses travaux et sa vie posthume, avec l'ambiguïté de l'ange gardien après avoir assumé le rôle du mauvais génie. Jacques-Joseph, en dirigeant le rêve que son jeune frère allait convertir en découverte savante, a sans doute vu le moyen d'assouvir une ambition dont un cahier de jeunesse porte la trace : « Si je devais faire une profession de foi, je dirais que je me sens un désir puissant pour les grandes choses. » Décidé à ne pas manquer la chance que lui offre son cadet, il va dès lors exercer une autorité d'autant plus efficace qu'elle est enrobée de bienveillance. Car il y a chez lui, moins dans ses propos que dans sa conduite, un mélange savamment dosé de dévouement et de tyrannie, de jalousie et d'admiration, d'abnégation et de rancune, qui le pousse à devenir le tuteur de son frère, auprès de qui il remplace à lui seul un père et une mère dont il n'est curieusement plus question entre eux. Directeur de conscience puis exécuteur testamentaire, son rôle auprès de Champollion tient du rôle de Léopold auprès de Mozart et de Théo auprès de Van Gogh. Un rôle ingrat mais non désintéressé, qui consiste à toucher les dividendes de la gloire.

D'autant que si Champollion le jeune est ensorcelé par l'Égypte, Jacques-Joseph y est pour quelque chose : au printemps 1798 en effet, l'aîné a cru un temps qu'il accompagnerait sur les bords du Nil Bonaparte et sa commission de savants, et toute la famille a suivi de près les préparatifs d'un voyage auquel il dut renoncer au dernier moment, déception qui rend plus vif encore son désir de voyager en esprit : dans les archives familiales, on trouve des pages relatives aux grandes pyramides, à la géographie et la chronologie égyptiennes, écrites de sa main et datées de cette époque. Mieux, il présente le 2 juin 1804 à la Société des Sciences et des Arts de Grenoble une *Dissertation sur l'inscription de Rosette*, et c'est lui qui engage Jean-François sur le chemin du déchiffrement : « Ne te décourage pas sur le texte égyptien, c'est ici le cas d'appliquer le précepte d'Horace : une lettre te conduira à un mot, un mot à une phrase et une phrase au tout, le tout tient donc à peu près à une lettre ; travaille toujours, *jusqu'à ce que je puisse vérifier ton travail par moi-même*[1]... » (lettre du 4 juillet 1807). Après quoi l'aîné se fit souvent le secrétaire du cadet (rédigeant pour lui de nombreuses publications, y compris la fameuse *Lettre à Dacier**), et son éclaireur dans les allées du pouvoir, où il se tient comme il le dit lui-même « aux postes avancés ». Doué d'une forte intelligence, diplomate à ses heures et non dépourvu d'esprit pratique, habile à se concilier les faveurs d'un homme influent (le préfet Fourier à Grenoble, Dacier à

---

1. C'est nous qui soulignons.

Paris, Napoléon pendant le retour de l'île d'Elbe ou Louis-Philippe à partir de 1830), il s'emploie à protéger, dans l'époque mouvementée qui va de l'Empire à la monarchie de Juillet, sa propre position et celle de son frère, qui lui sert parfois d'alibi dans ses démarches, même s'il fait valoir ses travaux, en toutes circonstances, avec scrupule et talent. C'est lui qui entretient une correspondance régulière avec les archéologues et les orientalistes en vue, mais aussi avec les membres des Inscriptions et Belles-Lettres, c'est lui qui trouve des emplois pour son frère, qui lui fournit de l'argent et des missions aussi bien qu'un bon numéro pour le dispenser du service militaire, lui enfin qui obtient la création en 1826 de la section égyptienne du Louvre, et la nomination de Champollion comme conservateur. Infatigable, il déjoue les ruses des uns, calme les convoitises des autres, répond aux polémiques idiotes et injustes, en dénonçant l'incompétence ou la mauvaise foi des contradicteurs : non seulement il est le correspondant, le secrétaire et l'éditeur de son frère, mais il est aussi son bras séculier.

En contrepartie, Champollion doit rendre compte de son emploi du temps, de ses dépenses et de l'avancement de ses travaux, selon un « contrat » dont les termes ont été imposés par Jacques-Joseph, et tacitement acceptés par son frère alors âgé de dix ans : « Je désire que dès ce moment, écrit l'aîné au cadet le 29 janvier 1801, il s'établisse entre nous une correspondance suivie, *où tu me diras tout ce qui te concerne*[1]. » Même s'il est vrai qu'il y trouva son compte, Champollion dut payer le prix d'une pareille relation, toujours présentée par les divers commentateurs de façon idyllique, c'est-à-dire sentimentale et moralisante. C'est oublier quelques-unes de ses protestations, car il ne fut pas toujours muet à ce propos. Par exemple dans une lettre du 10 octobre 1808, où il adresse à son frère quelques vérités à peine tempérées par l'ironie, au sujet de l'argent (« Si je ne suis point ponctuellement tes ordres par rapport à l'employ de l'argent que tu envoyes, c'est que je crois avoir des raisons, que tu ignores, pour en agir autrement, sauf le respect que j'ai pour tout ce qui émane de votre Sublime Porte (...) Tu me permettras de te dire aussi que tu es un peu trop *intéressé,* car il semble que tout est perdu, lorsque tu t'aperçois qu'on m'a donné quelque argent, ou que, pour me désennuyer, on me mène à la campagne, ou que j'ai fait des bontés aux personnes qui les méritent, etc. ») aussi bien qu'au sujet des « Étrusques venant de l'Égypte », hypothèse un peu trop romanesque aux yeux de Figeac : « Si je suis une jeune tête, qui se crée des systèmes imaginaires, qui n'ont

---

1. C'est nous qui soulignons.

d'autre base que des subtilités, etc., pourquoi vouloir faire imprimer une géographie égyptienne, qui est pleine de l'esprit de ces mêmes systèmes ? Mais je ferai tout ce que tu voudras. Traite-moi de fou, etc. Cela ne m'empêchera pas d'étudier mon Antiquité par les langues et les rapports d'un peuple à un autre, d'aimer les étymologies et même, blasphème horrible !!! d'avoir un profond respect pour le bas-breton ! » En 1814, alors que Jacques-Joseph reçoit la décoration du Lys, Jean-François commence par lui rappeler sur le mode plaisant que « les compagnons d'Ulysse » ont tous péri, avant de préciser plus gravement : « Je ne te reconnais pas là, toi qui t'élèves si fortement contre le vice, l'orgueil et les prétentions ridicules. Telle est mon opinion. Je suis bien aise que tu la connaisses. Nous ne sommes point d'accord sur cela... et puisque, élevé auprès de toi et par toi, j'en diffère aussi essentiellement, il faut que ce soit dans la nature. Quoique nous recevions souvent ses impulsions en sens inverse, j'espère cependant que cela ne produira jamais ni discussion ni froissement. Acceptes-en l'augure avec autant de plaisir que moi. » Aussi lorsque Champollion écrit à Jacques-Joseph : « C'est à toi que je dois tout ce que je puis savoir », ou « Il y a longtemps que tu me prouves que moi c'est toi », à des époques où il ne signe pourtant plus « ton frère obéissant », il ne fait que dire, par ces formules qui sentent un peu trop la reconnaissance obligée, l'état de servitude volontaire qui est le sien.

Si l'on imagine mal Champollion-Figeac consacrer deux ou trois semaines à lire à haute voix des romans de Fenimore Cooper, trop éloignés de cette Égypte qui doit assurer la gloire aux deux frères, on n'imagine pas non plus Rosine Blanc tenir ce rôle, à moins que Champollion n'ait osé la nommer en s'adressant à Zelmire.

Une fois et une seule, il avait pris une décision contre l'avis de Jacques-Joseph, pour se marier sans amour et gâcher en partie son existence, après avoir aimé un temps par mimétisme. Son frère ayant épousé en 1807 Zoé Berriat, au charme de laquelle il fut plus que sensible, il devint amoureux de Pauline, la sœur de celle-ci. Quand il s'aperçut que cet amour n'était qu'un leurre il se détacha de Pauline, mais comme s'il était incapable d'aimer vraiment, une fois soustrait à l'influence de son frère, ou comme si celui-ci devait d'abord élire un objet pour qu'il soit digne d'être aimé, ce qui s'était déjà produit pour l'Égypte, Champollion passif et résigné se laissa aimer par Rosine Blanc qu'il finit par épouser le 30 décembre 1818, à cause d'un sens du devoir qui recouvre des raisons moins claires. Ce drame intime, qui préfigure étrangement celui de Mallarmé, à moins qu'il ne s'agisse d'un mal du siècle, Champollion lui-même le retrace en détail, dans une longue lettre à Zelmire datée du 19 septembre 1826, qu'il faut citer presque en entier :

« En cherchant le bonheur, Zelmire, je me suis trompé comme tant d'autres. Il y a plus : j'ai enchaîné ma vie entière avec la *conviction* intime que la personne à laquelle je me liais ne pourrait jamais remplir mon cœur. Mais j'ai dû faire ce sacrifice de moi-même, par une délicatesse peut-être exagérée... Je consigne ici des détails que vous m'avez paru désirer de connaître.

« Fort jeune encore, des relations de famille me firent fréquemment rencontrer avec Anaïs[1]. Douée, à 16 ans, de tous les avantages extérieurs et d'un esprit cultivé, elle entrait dans le monde avec cette simplicité et cette défiance, fruit naturel d'une éducation reçue dans un établissement à peu près monastique. Son inexpérience et la naïveté de ses manières m'intéressèrent vivement. Je fixais l'attention d'Anaïs ; elle s'attacha à moi autant qu'il lui était donné de le faire. Je crus que l'âge développerait en elle les qualités, la manière de voir et de sentir que je souhaitais trouver dans la personne à laquelle

---

1. Champollion, qui avait la manie de changer les prénoms, appelait Rosine Anaïs.

seule j'aurais voulu consacrer mon existence. Il n'en fut point ainsi. Séduite par les formes et le mouvement de la société, Anaïs crut que le bonheur consistait à paraître heureuse, et pensa le trouver dans les jouissances de l'amour-propre et dans les succès de salon qui ne tournent qu'au profit de la vanité. C'est là l'écueil de presque toutes nos femmes françaises ; Anaïs ne l'évita point, elle vit le monde d'un autre œil que moi et plaça sa félicité hors des affections vraies et dans un cercle où on ne l'a jamais rencontrée. Elle m'était attachée cependant, mais à sa manière ; mon refroidissement marqué ne l'empêcha point de manifester publiquement la préférence qu'elle m'accordait. Je fis tout, mais en vain, pour lui faire sentir le peu de convenance qui existait entre nos deux caractères.

« Les conditions politiques de 1814 et 1815 s'opérèrent sur ces entrefaits ; je dus y prendre une part active. Mon influence sur les jeunes dauphinois, amis de la liberté, et qui pour la plupart avaient été tour à tour mes condisciples et mes élèves, me mit en évidence dans ces temps de troubles. La défaite du Parti libéral me livra sans défense à l'animosité de la faction victorieuse. Je perdis tous mes emplois ; bientôt après, on attenta à ma liberté et je subis un exil forcé de 19 mois à 120 lieues d'une ville où l'on supposait ma présence dangereuse.

« J'espérais que l'absence changeant les idées

et les intentions d'Anaïs à mon égard, elle renoncerait à un projet d'union que rien ne rendait obligé et qui ne promettait le bonheur ni à l'un ni à l'autre. J'étais persécuté alors : elle trouva dans mon malheur un motif généreux de persister dans ses déterminations antérieures. Plusieurs prétendants, placés dans une position bien plus avantageuse que la mienne dans le présent et pour l'avenir, sollicitèrent sa main avec insistance. Contre le vœu de sa famille, Anaïs les refusa; son père, homme violent et dur, irrité d'une telle opposition, la tourmentait chaque jour de ses reproches et l'accablait des marques de son mécontentement; il la priva à très peu près de sa liberté. Enfin mon exil eut un terme; Anaïs souffrait, elle était malheureuse à cause de moi. Pouvais-je balancer? Mon devoir était tracé : un lien indissoluble nous unit. Elle a trouvé auprès de moi le repos et la tranquillité qui n'existaient plus pour elle dans la maison de son père.

« Telles ont été, Zelmire, les circonstances qui décidèrent de mon sort.

« Anaïs est aussi heureuse qu'elle peut l'être par son caractère et ses idées. Pour moi, l'étude et mon complet dévouement aux travaux littéraires suspendaient, en m'absorbant tout entier, mes regrets de n'avoir pu réaliser les rêves de bonheur que j'avais formés. Je doutais même, déjà, de l'existence d'un être semblable à celui que mon cœur s'était complu de concevoir. Qui me consolera maintenant que je n'en doute plus ! Serait-ce l'espoir d'un peu de renommée ? Ce n'est là qu'un aliment de vanité un peu plus raffiné que les autres ; et vous le savez bien, on n'est heureux que par son propre cœur et non par l'opinion de ceux qui nous environnent. Je m'attacherai donc encore plus à l'étude, parce que, me dérobant à moi-même, elle donnera du moins un but à mon existence. »

Et deux jours plus tard, le début de la lettre suivante est un aveu tout aussi triste : « Vous eussiez connu bien plus tôt mes plus intimes pensées si, environné toute ma vie de personnes qui sentent autrement que moi, je n'avais contracté la triste habitude de renfermer au fond de mon cœur toutes les fortes impressions qui le pénètrent. »

En dehors de l'étude, ce n'est pas auprès de Zelmire, insensible et froide, que celui qui signait alors « Zeid » pour mieux souligner que la dernière lettre de l'alphabet était son chiffre sentimental, trouvait la moindre consolation, mais auprès de Zoé quand il la retrouvait en famille. En sa présence il redevenait le Champollion frivole et tendre qu'il était dans l'enfance, il retrouvait son humour et l'espace d'un soir, il entrevoyait peut-être le mirage d'une existence dont l'Égypte n'aurait pas été l'unique horizon.

Pendant qu'une voix peut-être amicale lui fait oublier sa vie « sédentaire et tracassière », pendant qu'une main qu'on voudrait délicate et prévenante, à intervalles réguliers, tourne à sa place les pages du *Dernier des Mohicans* qui vient de paraître, la même année que *Les Natchez* de Chateaubriand, Champollion dont la jambe droite est emmaillotée comme une momie (« fasciata come una mummia », écrit-il à sa correspondante italienne) laisse parler son imagination s'il étouffe ses sentiments. Et pendant cet hiver 1827 où on lui fait la lecture « par six ou sept degrés de froid », comment penser un seul instant qu'il se repose, même s'il se dit incapable de la moindre occupation ? On est sûr d'être fidèle à la vraisemblance du personnage en affirmant que les noms des diverses tribus, Algonquins, Sagamores, Iroquois, Hurons et Mohicans dans lesquels on se perd avec la même facilité que dans le compte des dynasties égyptiennes, lui offrent une occasion supplémentaire de se livrer au jeu des comparaisons, qui lui permet si souvent de passer d'un peuple à l'autre, par-delà les siècles et les continents, mais confirment aussi sa conclusion désabusée à propos de l'espèce humaine, cette tribu sanguinaire dont il va jusqu'à dire qu'elle n'a jamais rien valu. « Je n'en excepte que les Égyptiens par amour et les Grecs anciens par courtoisie », écrit-il à Zelmire, non sans ajouter au sujet des premiers cette réserve lucide et prudente : « C'est sans doute le peu de détails parvenus jusques à nous sur leur gouvernement et leur vie civile qui m'attache à eux, parce qu'en les étudiant je suis soutenu par l'espoir de trouver enfin dans leurs annales des traces d'un peuple d'hommes. Cette attente sera peut-être trompée ; dans ce cas le désappointement me prouvera encore la vérité de ma maxime favorite : que les hommes sont détestables pris en corps de nation et assez supportables examinés un à un. »

« C'est pour cela que j'aime tant les romans », poursuit Champollion qui se laisse bercer un instant par l'illusion littéraire* : « Quel que soit l'auteur qui les ait écrits, il a toujours souci de mêler aux êtres méchants qu'il met en scène, deux ou trois êtres bons et humains qui consolent de tout le reste. D'ailleurs dans les romans il arrive presque inévitablement ce qui n'arrive jamais dans le monde réel, c'est que le méchant est puni et le bon récompensé. » En fait, et contrairement à ce que pourrait faire croire cette bouffée de bons sentiments, Champollion est aussi sévère pour les tricheries des littérateurs (par exemple Lamartine et son « vernis de liberté ») que pour les mensonges des doctrinaires et les massacres des tyrans. Et sans doute sut-il gré à Fenimore Cooper d'avoir enfreint une règle aussi naïvement formulée, c'est-à-dire d'avoir été fidèle à la leçon de l'histoire en n'épargnant pas Uncas, le dernier des Mohicans.

En attendant cet épisode qu'il pressent, Champollion qui ne connaît pas l'Amérique mais se souvient des forêts du Quercy et du calcaire doré des Causses, voit dans les flammes d'une cheminée les feux d'un campement, il entend les pas d'un Indien dans le craquement des bûches et distingue dans la fumée qui s'élève des signes que, pour une fois, il se dispense d'interpréter. Car dans l'appartement mal chauffé où on lui fait la lecture, il se tient auprès de l'unique source de chaleur, la cheminée dont le feu est plus sain pour lui que l'air suffocant d'un poêle, qui le prend à la tête et lui brouille les idées, qu'il ne supporte donc pas même s'il souffre de plus en plus des rigueurs de l'hiver, au fur et à mesure que sa santé se dégrade. Au point qu'en 1830, revenant d'Égypte où il a passé de longues heures dans de véritables fournaises, il parle à son frère de sa hantise du froid, en des termes qui seront ceux de Rimbaud retour du Harrar. Il craint par avance les engelures sur ses mains, la goutte dans sa jambe et son pied droits, et surtout les brouillards de la Seine dans ses poumons. Comme le « féroce infirme retour des pays chauds », et dans des circonstances presque identiques, il gèle à l'idée de vivre sous nos climats. Comme lui sans doute, il sent monter un froid définitif à mesure qu'il remonte vers le nord, et si Rimbaud à Marseille est la proie de visions fiévreuses, Champollion quant à lui a des tintements d'oreille.

Son oreille tintait déjà pendant qu'on lui faisait la lecture, au cours de cet hiver qui précéda son seul voyage en Égypte, surtout si le lecteur ou la lectrice anonyme n'omettait pas de lui lire, au début de chaque chapitre, les citations en exergue empruntées presque toutes à Shakespeare. Trois d'entre elles en particulier, lointaines et précises comme des rimes intérieures, étaient de nature à lui rappeler ce qui décida peut-être de sa vocation. La première est tirée du *Marchand de Venise* : « C'est par une nuit semblable que Thisbé, craintive, foula aux pieds la rosée des champs et aperçut l'ombre du lion » ; la deuxième du *Songe d'une nuit d'été*, quand le menuisier Snug et ses compagnons se déguisent pour jouer la comédie au cœur de la forêt :

— *Avez-vous transcrit le rôle du lion ?*
J'ai peur d'une défaillance de mémoire.
— *N'ayez aucune crainte. Il ne s'agit que de hurler.* Quant à la troisième, elle est la suite et le rappel de la précédente : « Laissez-moi jouer le rôle du lion. » Or, l'aventure mentale de Champollion, de sa lecture du nom de famille au déchiffrement des hiéroglyphes, et jusqu'à sa rencontre avec le sphinx, est placée d'un bout à l'autre sous le signe du lion.

C'est devant une cheminée déjà, devant des flammes immobiles et dansantes comme des questions sans réponse, éclairant de lueurs fauves une ombre indéchiffrable, que Champollion commença de rêver à voix haute. Dans la demeure familiale trop vaste et trop sombre, nous dit sa première biographe Hermine Hartleben, Champollion enfant trouvait refuge dans la cuisine, « dont la cheminée géante était surmontée d'un écusson en pierre où il croyait voir des lions, son animal favori alors » (il aimait s'appeler « lion », sans doute simplement parce que c'était plus facile à prononcer que le nom de « Champollion » en entier), et l'on raconte qu'il se plaça un jour au-dessous du bandeau en déclarant : « Voici un lion de plus au champ des lions. » Un écusson à la place d'un cartouche, un rébus au lieu de hiéroglyphes, et son propre nom qui sera bientôt remplacé par celui des rois et des reines : dans cette légende attestée tout prépare Champollion à de futurs déchiffrements, avec ce mélange de naïveté et d'orgueil, d'intuition et d'humour qu'on retrouve tout au long de sa correspondance. La devinette deviendra certes une énigme, et le jeu de mots une des lois du langage, mais l'idolâtrie à l'égard des noms trahit déjà une profonde interrogation vis-à-vis du sens, et peut-être de sa propre identité.

Or, le lion qui blasonne le nom de famille en lui assignant un territoire à la fois naturel et lointain va blasonner à jamais la recherche de Champollion, de la première tentative de déchiffrement aux fouilles archéologiques, puisque lors de son voyage en Égypte (il a déjà trente-huit ans, et n'a plus que trois ans à vivre), parmi les premiers objets dont il fait mention dans les lettres à son frère, de la poterie égyptienne trouvée dans les ruines de Saïs, il relève un fragment en terre émaillée, orné d'une *tête de lion**, c'est lui-même qui souligne ce détail. Mais le lion blasonnait aussi, dans sa finale, le nom de l'Empereur sans qui l'Égypte ancienne ne serait pas devenue ce rêve enfin lisible, et la pierre de touche de toute quête des origines. Car Napoléon (qui s'appelait encore Bonaparte, mais s'apprêtait à abandonner son patronyme, ce qui est la première des marques royales) emmenait avec lui au pied des pyramides, outre une commission de savants et une troupe d'ingénieurs, un officier du génie, le lieutenant Bouchard*, dont personne n'aurait retenu le nom si un jour de 1799, dans une localité du delta dont il ne reste rien aujourd'hui, Rosette, il n'avait mis la main sur la pierre fameuse entre toutes qui se trouve au British Museum, vénérée depuis lors comme s'il s'agissait des tables de la loi, mais une loi étrange qui importe moins par son contenu (un édit des prêtres de Memphis en faveur de Ptolémée V Épiphane) que par les rangées de caractères qui la composent : véritables empreintes de la mémoire, elles font d'une pierre deux fois millénaire l'équivalent d'une ardoise magique.

Le 2 fructidor an VII (septembre 1799), un numéro du *Courrier d'Égypte* que recevait le frère aîné, pour suivre à distance l'expédition qu'il avait dû laisser partir sans lui, porta jusqu'à Figeac, dans la maison même de Champollion, la nouvelle si riche de conséquences : « Parmi les travaux de fortification que le citoyen Dhautpoul, chef de bataillon du génie, a fait faire à l'ancien fort de Rachid, aujourd'hui nommé Fort-Julien, situé sur la rive gauche du Nil, à trois mille toises du Boghaz de la branche de Rosette, il a été trouvé, dans des fouilles, une pierre d'un très beau granit noir, d'un grain très fin, très dur au marteau. Les dimensions sont de 36 pouces de hauteur, de 28 pouces de largeur et de 9 à 10 pouces d'épaisseur. Une seule face bien polie offre trois inscriptions distinctes et séparées en trois bandes parallèles. La première et supérieure est écrite en caractères hiéroglyphiques; on y trouve 14 lignes de caractères, mais dont une partie est perdue par une cassure de la pierre. La seconde et intermédiaire est en caractères que l'on croit être syriaques; on y compte 32 lignes. La troisième et la dernière est écrite en grec; on y compte 54 lignes de caractères très fins, très bien sculptés et qui, comme ceux des deux autres inscriptions supérieures, sont très bien conservés. Le général Menou a fait traduire en partie l'inscription grecque. Elle porte en substance que Ptolémée Philopator fit rouvrir tous les canaux d'Égypte, et que ce prince employa à ces immenses travaux un nombre très considérable d'ouvriers, des sommes immenses et huit années de son règne. Cette pierre offre un grand intérêt pour l'étude des caractères hiéroglyphiques, peut-être même en donnera-t-elle enfin la clef. »

Cette stèle où se trouve en partie résumée l'histoire de l'écriture (dont le début est écorné comme il se doit*) allait devenir le casse-tête préféré de quelques esprits, dont l'Anglais Young et le Suédois Åkerblad, puis un objet fétiche pour des générations de linguistes et de lettrés. Elle permit à Champollion qui n'en vit jamais l'original (mais des copies plus ou moins fautives, des gravures qu'il collait sur de la toile ou du carton) d'établir pour commencer que les caractères du milieu n'avaient rien de syriaque : il s'agit en fait d'un état intermédiaire de l'écriture égyptienne, qu'on appelle démotique et qui procède directement des hiéroglyphes, par une série de déformations successives et de simplifications comme l'usage en produit toujours. Cette écriture était absolument muette depuis que l'Égypte était morte, comme les hiéroglyphes il est vrai, mais sans donner comme eux cette impression fallacieuse de cerner les êtres et les choses. Puis, selon une méthode éprouvée par tous les amateurs de messages secrets, de codes et de cryptographies en tous genres, Champollion entreprit de déchiffrer le nom propre qui revenait à plusieurs reprises dans l'inscription de Rosette, et dans lequel il retrouvait plusieurs des lettres qui composaient le sien : celui de « Ptolemaios », dont la traduction hiéroglyphique lui livrait les prémisses du système qu'il devait décrire en septembre 1822 dans sa lettre à Dacier. Or, le nom de Ptolemaios contenait un lion couché pour la lettre « L », conforme à ce qu'il avait deviné quant à la valeur purement phonétique d'un certain nombre de hiéroglyphes* et qu'il s'attendait à retrouver logiquement dans le nom de Cléopâtre. Il dut attendre janvier 1822 pour en avoir confirmation, avec la joie que l'on devine, lorsqu'il reçut une lithographie de l'inscription gravée sur l'obélisque de Philae. « Il y avait là, écrit Hermine Hartleben, dans le deuxième cartouche royal, le nom de Cléopâtre signe pour signe tel que lui-même l'avait déjà écrit tant de fois en remontant du démotique à la forme originelle. » Avant d'obtenir cette indispensable preuve, il avait traduit la justesse de son intuition dans le langage imagé qui était souvent le sien : « Les deux lions aideront le lion à vaincre. »

La formule, entre l'énigme et l'enfantillage, est une allusion à peine voilée par l'humour à la mythologie égyptienne. Car elle prend tout son sens quand on sait que le créateur était à la fois, et très précisément, « le lion et les deux lions ». Fauve et brûlant comme le soleil, le roi des animaux procède directement de l'astre, et Champollion pouvait ainsi relire sa propre histoire, sous une forme légendaire, dans la genèse héliopolitaine où l'on trouve à l'origine une paire de lionceaux. C'est que le lion vit aux confins du désert et des terres noires qui donnèrent son nom à l'Égypte ; et le Pharaon qui chasse le félin ou l'emmène à ses côtés dans ses expéditions guerrières* est lui-même « un lion puissant, aux griffes dehors, aux énormes rugissements, qui lance sa voix dans l'oued où se trouve le bétail du désert », comme il est dit de

Ramsès II[1]. Le même lion qui fait fuir les troupeaux règne donc sur les hommes, qu'il fascine par sa souplesse et sa férocité, sa soif du sang, son appétit de la chair, ses chasses en lisière de l'autre monde et son sommeil qu'il partage avec les morts. L'horizon lui-même est borné par un couple de fauves, Hier et Demain, et le voyage du soleil dans les régions infernales le mène de la gueule du lion d'Occident à celle du lion d'Orient*, d'où il renaît chaque matin. C'est pourquoi les hommes, qui effectuent chaque nuit le même itinéraire, parent du double lion leurs lits et leurs appuis-tête : grâce à la vigilance des fauves le dormeur est protégé des mauvais rêves durant le passage risqué d'un jour à l'autre, comme le pharaon quand il traverse le désert ou quand il voyage emmailloté dans le long sommeil de la mort.

Quant au sphinx, « statue vivante » selon l'étymologie égyptienne, ou « lion en repos » comme dit Champollion de la lettre « L », il est lui-même un fauve androcéphale, un lion superbement coiffé d'une tête de pharaon. Couché au bord du désert comme à Gizeh, gardien des galeries où vont entrer le soleil et les morts, le sphinx égyptien à l'effigie de Chéops, de Chéphren ou d'un autre roi, s'est multiplié à

---

[1]. Cf. le *Dictionnaire de la civilisation égyptienne*, sous la direction de Georges Posener (éd. Hazan).

l'entrée des temples où sa présence familière et bienveillante apaise les vivants. Si l'on s'en étonne aujourd'hui, c'est que les mots sont parfois les alliés de notre ignorance, et qu'ils entretiennent la confusion avec la créature ambiguë des Grecs. Thèbes est alors le carrefour où se croisent deux mythologies, le lieu commun où elles se rencontrent dans nos esprits troublés.

Pour Champollion il s'agissait de passer de l'une à l'autre, en remontant le cours du temps de l'embouchure à la source. Ou plutôt, puisqu'un tel parcours est impossible (de fait, il dut rebrousser chemin avant d'avoir atteint les sources du Nil, et ne fit que reculer la date du déluge en bousculant la chronologie biblique), d'en détourner le cours en ajoutant à notre imagination de l'Antiquité des étendues désertiques et des siècles oubliés. Et l'ombre d'un sphinx à moitié recouvert par les vents de sable, mais dont le sourire et la sérénité se lisent encore, ainsi que la « morbidezza » de la lèvre inférieure, sur un visage pourtant défiguré par le coup de canon d'un émir à la fin du Moyen Âge.

Cette ombre-là en dévore une autre, celle de la chimère ailée inventée par les Grecs, qui voilait parfois de tristesse le regard de Champollion. Car si l'on admet que tout déchiffreur est dans la position d'Œdipe, et si l'on se rappelle que c'est le frère aîné qui le mit pratiquement en demeure de déchiffrer la pierre de Rosette, on peut voir en Jacques-Joseph (devant qui, le 14 septembre 1822, Jean-François s'évanouit comme s'il avait présumé de ses forces, après lui avoir annoncé qu'il « tient l'affaire » mais sans avoir eu le temps de l'expliquer, pour sombrer pendant plusieurs jours dans un état léthargique, gisant qui se souvient de vies antérieures, ou dormeur enfin délivré de tout rêve), la figure tourmentée du monstre grec, consentant à s'effacer pour mieux condamner son vainqueur, qui est aussi sa victime, au malheur en même temps qu'à la gloire.

Mais si Œdipe, enfant trouvé et fils de roi, sauveur et assassin, est condamné à tenir tous les rôles de l'homme en trouvant la solution d'une charade, Champollion déchiffrant son nom de famille nous permet de relire autrement notre histoire.

La forêt déchiffrée

Pendant que nous suivions ainsi, sur un cadran aux heures inégales, l'ombre démesurée du lion, une troupe composée d'un major et de deux jeunes Anglaises, d'un éclaireur indien et d'un chanteur de psaumes s'aventurait au cœur de forêts aussi anciennes que le monde lui-même, des forêts confuses qui sont aussi le paradis de la fourrure. Champollion s'y réchauffe en songeant à la feuille verte du tabac, le *pétun* des indigènes dont on vante les vertus contre la migraine et la goutte, en songeant aussi qu'il va peut-être trouver là, entre les pages d'un roman, le peuple d'hommes qu'il cherchait vainement dans l'histoire, mais au moment où la civilisation, c'est-à-dire les armes à feu, la variole et l'eau-de-vie, va le chasser de ses terres et le décimer à jamais.

Fenimore Cooper raconte un épisode de la guerre de Sept Ans, que les Français et les Anglais se livrèrent au milieu du XVIIIe siècle pour la possession d'un territoire plus grand que les deux couronnes réunies, et qui appartenait jusque-là aux loutres et aux castors. Menacé par les armées de Montcalm, un vétéran écossais du nom de Munro, qui commande un fort sur les rives du lac George, demande du secours au général Webb, qui tient ses positions à cinq lieues de distance. Celui-ci envoie aussitôt un renfort de quinze cents hommes, qui empruntent un chemin assez large pour que puissent passer les chariots, et confie au major Heyward les propres filles de Munro, Alice la blonde et Cora la brune, afin qu'il les conduise saines et sauves jusqu'à leur père, en empruntant un raccourci à travers la forêt. Ces trois personnages que nous ne quitterons plus sont guidés par un Indien nommé Magua : son tatouage a fondu, les couleurs de ses peintures de guerre se sont mélangées, il assumera donc jusqu'au bout le rôle du traître, en commençant par égarer la petite troupe qu'il était censé conduire en lieu sûr avant la tombée de la nuit.

Auparavant tout ce monde est rejoint par un personnage pittoresque, davantage fait pour chanter les louanges du Seigneur sur les bords de la Tamise que pour arpenter des terres où le vent fait chanter la nature elle-même. Dès le prologue on l'avait vu promener son étrange accoutrement au milieu des chevaux, des chariots, des vétérans et des jeunes recrues qui s'apprêtent à affronter les soldats de Montcalm, et surtout cette forêt aussi inquiétante que vaste, d'où tant de guerriers ne sont jamais revenus, prisonniers des Indiens ou proies des bêtes sauvages. De l'orateur biblique Fenimore Cooper s'applique à faire un portrait haut en couleur : « Debout, c'était un géant. Assis, il paraissait plus petit qu'un homme ordinaire. Ses membres, aussi, étaient disproportionnés. Une grosse tête, des épaules étroites, des mains fines, les cuisses et les jambes démesurément longues et grêles, des genoux monstrueux et, pour parachever l'ensemble, des pieds qui ne l'étaient pas moins. Au lieu d'atténuer ces défauts corporels, les vêtements ne faisaient que les souligner : un habit bleu ciel, à pans larges et courts et collet bas ; des culottes collantes de maroquin jaune et nouées d'un flot de rubans prolongés par des souliers dont un seul portait un éperon ! »

C'est donc ce personnage, coiffé d'un chapeau d'ecclésiastique énorme et démodé, armé d'un instrument de musique étrange qui dépasse de la poche immense de sa veste, que le major Heyward voit apparaître en se retournant, alerté par le bruit d'une cavalcade. Car le bonhomme dont Fenimore Cooper souligne la « dignité comique », et qui va distraire un instant Alice et Cora de leurs craintes, chevauche une maigre monture, une jument nommée Miriam qu'il éperonne d'un seul côté. Il faudra bientôt abattre le poulain qui suivait à distance, et quand viendra ce triste épisode, le saint homme qui ne se sépare jamais des Psaumes de David (vingt-sixième édition publiée à Boston, *anno domini 1744*, précise-t-il en produit achevé mais ridicule de la civilisation du livre), et qui trouve à citer en toutes circonstances un passage des Écritures, en guise de prière ou de consolation, entonne une strophe biblique en élevant la voix au-dessus du fracas des eaux : « Il frappa le premier-né de l'Égypte, les aînés des hommes et des bêtes. Ô Égypte, quels prodiges a-t-on vus sur ton sol contre Pharaon et ses serviteurs. »

Au rappel de cette malédiction qui fait songer de loin au sort des Mohicans (victimes non plus d'un dieu vengeur, mais des hommes et de leurs agissements profanes), on imagine aisément que Champollion occupé jusque-là à peupler d'Indiens et de loups les forêts de son enfance (car on lit comme on rêve, on maquille ses souvenirs, la vue se trouble et les pensées se mêlent comme les couleurs du tatouage), Champollion efface en esprit les sentiers qui se perdent, les ennemis en embuscade, les rivières dont il suivait le cours en le compliquant de chutes et de tourbillons, il entend sans l'écouter la fin du chapitre, le discours du chasseur sur les êtres doués de raison et la prédestination à laquelle il ne croit guère, pour revoir le désert et la « maison des esclaves » de l'Ancien Testament, cette

Égypte sur laquelle Yahvé envoie une pluie de grenouilles, des nuages de sauterelles, de moustiques et de taons, la vermine, la grêle, la peste et les ténèbres, où les premiers-nés enfin sont condamnés à mort avant que Pharaon ne consente à laisser partir Moïse et les siens.

Quand le maître de chant récite ces versets de l'*Exode*, au milieu de forêts infestées d'ennemis invisibles (dont les Indiens eux-mêmes partagés entre plusieurs camps, depuis que les Blancs les ont contraints d'épouser leurs causes et leurs querelles, en les entraînant dans des conflits d'où ils sortiront épuisés), le traître Magua s'est déjà enfui à travers les feuillages, et on ne le retrouvera que lorsqu'il tiendra sa vengeance. Ceux qui l'ont démasqué sont eux-mêmes des habitants des bois que le major Heyward a vu arriver d'abord avec stupeur, puis avec soulagement. Le premier est un chasseur qui partage la vie des Indiens, dont il parle la langue et connaît les coutumes. Son nom de baptême est Nathanias, mais les Delawares l'ont surnommé Œil de Faucon et les Iroquois Longue Carabine, comme si le nom de l'homme était une étoile variable ou le signe changeant d'une appartenance. Quant aux deux autres, Chingachgook le père et Uncas le fils, ils sont les derniers survivants d'une tribu appelée à disparaître, mais dont le nom, grâce à Fenimore Cooper, continue de hanter les forêts américaines et nos mémoires, comme une modulation funèbre ponctuée soudain par le cri des choucas.

La situation était trop troublée pour qu'on ait eu le loisir de faire des présentations, et c'est le chasseur qui finit par demander au maître de chant comment il s'appelle :

« La Gamme, David la Gamme, répondit l'autre, en essuyant sa lippe d'un revers de manche.

— C'est un beau nom, vraiment, remarque le chasseur qui s'étonnera l'instant d'après qu'on puisse passer sa vie comme l'oiseau moqueur, à imiter tous les sons que peut produire le gosier de l'homme. Et je suis sûr qu'il vous vient d'ancêtres respectables. J'admire les noms, imitant en cela les Indiens, qui y prêtent plus d'attention que les Blancs. Il faut dire que j'ai connu un Lion qui était le dernier des lâches ; quant à sa femme, Patience, on ne pouvait trouver de mégère plus querelleuse. Chez les Indiens, au contraire, le nom ne se donne pas à la légère. Il désigne, pour ainsi dire, celui qui le porte. Chingachgook, par exemple, signifie "grand serpent" ; non pas que mon ami soit un reptile, grand ou petit, mais parce qu'il connaît tous les replis du cœur humain ; qu'il sait s'armer de patience et frapper son ennemi au moment où il s'y attend le moins. »

Champollion lui aussi a rêvé d'un monde où

les noms ne mentiraient pas. Où l'habitude, la surdité n'en feraient pas des masques ou des chairs mortes. C'est ainsi qu'il a redonné vie au nom biblique et doré de Pharaon, tardif et trompeur, et s'il a ausculté les noms de Ptolémée, de Cléopâtre, de Ramsès et de tant d'autres, c'est comme on écoute un instrument dont l'âme est aussi légère que celle des morts. Il a déroulé les papyrus comme on ôte des bandelettes au langage, et sous la voûte étoilée des tombeaux, sur leurs parois recouvertes de signes, il a moins cherché le corps momifié des rois et des reines que la présence des choses embaumées dans l'écriture. Le souci de vérité des Indiens, une vérité qui n'est jamais que la face éclairée de la superstition, il l'a trouvé déjà chez les Égyptiens, qui croyaient eux aussi que le nom d'un individu contient les plis et les replis de son destin. Et plus près de nous dans les « petits noms » de toutes sortes, les sobriquets en usage dans nos campagnes, pour dire d'un mot le lieu de naissance, une origine étrangère, le métier d'un ancêtre ou un défaut physique — regard louche ou taches de rousseur*. Champollion lui-même fut d'ailleurs affublé de plusieurs surnoms, de Champollion le Jeune à Champollion l'Égyptien. Son frère l'appela longtemps Cadet, jusqu'à ce que Zoé souffrant pour lui de ce diminutif décide de le transposer en « Saghîr », ce qui veut dire la même chose en arabe mais convenait mieux à son teint mat et à l'orientation de son esprit. Et comme nous partageons à peu de chose près les croyances des Indiens d'Amérique et des anciens Égyptiens quand nous choisissons le prénom d'un enfant, Champollion appela sa fille Zoroaïde, prénom oriental qui commence, comme Zelmire et Zoé, par la lettre que les Latins, superstitieux à leur manière, déplacèrent à la fin de l'alphabet.

Nous savons qu'un « grand serpent » est enroulé dans le nom de Chingachgook, et que ce serpent sera bientôt chassé de sa forêt natale, à laquelle il doit aussi son nom de « sauvage ». Nous ne savons pas en revanche ce que signifie Uncas, mais l'omission n'en est pas une, car il est à jamais « le dernier des Mohicans » : Fenimore Cooper a trouvé là son nom véritable, que nous prononçons depuis avec plus de tristesse que de révolte. Non seulement à cause de notre impuissance, mais parce que sa disparition poignante éveille en nous un sentiment de nostalgie : le dernier représentant d'une espèce est l'ombre endeuillée du premier homme apparu sur la Terre, dont nous aimerions tant connaître le visage et le vrai nom, chaque fois que le nôtre, dans le miroir déformant de l'écriture, nous semble un si pâle reflet.

Dans tous les règnes de la nature les Égyptiens ont prélevé des empreintes, qu'ils ont cernées d'un trait plus ou moins fidèle afin de les ranger de profil sur la pierre ou sur le papyrus. Grâce à cette écriture qui recouvre tout comme s'ils voulaient avoir raison du désert, ils ont propagé le long du Nil les édits, les sentences, les prières qui devaient assurer leur survie, les questions et les réponses qui font le corps d'un homme plus vaste que le double grenier du Roi, selon l'enseignement du scribe Anii. Pour Champollion qui vit au milieu de ces signes, étoiles et déterminatifs, catégories grammaticales et noms de rois, de reines, de villes, de plantes et d'animaux auxquels il rend la parole à défaut d'une prononciation morte à jamais, le tracé tremblant du fleuve a lui-même des allures hiéroglyphiques, avec son delta qui s'évase comme la fleur ouverte d'un lotus.

Mais en suivant la piste des Indiens dans les

romans de Fenimore Cooper, c'est la forêt qu'il apprend à déchiffrer. Il sait depuis toujours que cette sorte de lecture en vaut une autre, puisqu'en 1803 et 1804, pendant une période où son frère, vigilant et sourcilleux, lui interdit de commencer l'étude d'une langue nouvelle, il met à profit ses loisirs forcés pour reprendre en compagnie de Villars ses promenades botaniques, dans une nature à laquelle il dédie des poèmes qui sont autant de louanges. Et au lycée, son herbier parfaitement tenu, sa connaissance de chaque plante ainsi que du système de Linné, font l'admiration de ses condisciples et de ses maîtres, convaincus qu'il se destine à l'étude des sciences naturelles. Plus tard, dans les années 1820, grâce à Cuvier qui lui emprunte en partie sa méthode après avoir lu avec passion le *Précis du système hiéroglyphique**, Champollion sait aussi qu'à partir d'un pied fourchu, on peut déduire l'existence d'un ruminant et son squelette entier.

Mais pour les Indiens il ne s'agit pas d'étudier des fossiles, et l'idée ne leur viendrait pas de faire sécher des pétales ou des feuilles entre les pages d'un livre, de conserver l'ombre d'une fougère sur du papier vélin. Des plantes que les saisons renouvellent et qu'ils classent à leur manière, ils ne songent qu'à retirer de quoi se nourrir, à extraire le jus coloré d'une teinture, la vertu d'un remède ou la violence du poison.

Ils confient leur parole au vent, et ne laissent après eux (avant que les Blancs ne mettent sous vitrine leurs coiffes, leurs parures et leurs armes) que la trace d'un mocassin sur l'herbe humide, la tradition transmise de génération en génération, quelquefois des tumulus où sont entassés des crânes. Pour eux qui ne comptent pas les heures, et qui font confiance au Grand Esprit pour les conduire après leur mort vers des chasses éternelles, dans une vallée fertile et giboyeuse, le temps s'écoule comme le sang d'une bête blessée.

En attendant cette mort qu'ils affrontent avec d'autant plus de courage qu'ils ne sont menacés d'aucun châtiment (contrairement à ce que promet le livre dont les « robes noires », autrement dit les Jésuites, ne se séparent jamais), il s'agit simplement de trouver son chemin, dans une forêt semée d'indices pour qui sait voir et entendre. Dans ce monde enchevêtré où le bruit du vent dans les broussailles ressemble à celui du torrent sur les cailloux (de même que le hiéroglyphe de la montagne ressemble à s'y méprendre à celui de l'étranger), on se guide au cours d'eau ou à l'étoile, l'étoile polaire dont la direction est donnée par un brin de mousse. Les traces d'un troupeau de daims mènent à une source, la hauteur des branches brisées permet de distinguer un cavalier d'un coureur de bois qui traîne la jambe, et pour l'interprète averti, un hurlement au loin est le plus clair des langages.

Pour le chanteur de psaumes qui ne quitte pas son livre des yeux, la nature est aussi confuse qu'une langue dont il ne connaît pas le premier mot, et quelquefois aussi peu parlante qu'une langue morte. Le chasseur, quant à lui, a suffisamment partagé la vie des Indiens pour savoir que « les mocassins ne se ressemblent pas plus que deux livres différents », mais dans cette lecture qui n'est pas bornée par l'horizon de la page, et que les ruses de l'ennemi comme l'épaisseur de la forêt rendent parfois si incertaine, il est obligé de reconnaître la supériorité d'Uncas, car celui-ci n'est pas seulement le dernier représentant de sa tribu, il est aussi le dépositaire d'un savoir qui va disparaître avec lui, et qu'aucune écriture ne viendra transmettre ou falsifier. Ainsi, dans un épisode où le major Heyward, Alice et Cora sont dans une situation périlleuse, tout simplement promis au poteau de torture, le chasseur et les deux fidèles Mohicans interviennent à point nommé grâce aux observations d'Uncas, qui retrouve la trace des prisonniers en relevant l'empreinte de leurs chevaux : « Uncas nous assura, raconte après coup le chasseur avec admiration, que ces chevaux posaient en même temps les deux pieds du même côté, particularité qui n'est que celle de l'ours, parmi tous les quadrupèdes que je connais. Cependant, il y avait bien là deux chevaux qui avaient cette allure très spéciale, comme j'ai pu le constater tout au long des vingt miles que nous avons parcourus à votre recherche.

— C'est en effet une particularité des chevaux de la baie de Narragansett, dans la petite province des Plantations de la Providence, confirme le major. Ils sont infatigables, et leur allure est très douce... »

Dans la lecture les signes sont offerts, mais dans la nature la difficulté commence avec le relevé des indices, et l'Indien ressemble alors au déchiffreur. On cherche une empreinte comme on cherche une pierre écrite ou un fragment de tablette, avec beaucoup de méthode et un peu de chance ; en passant la forêt au peigne fin, en soulevant chaque feuille et chaque branchage comme Œil de Faucon et les Mohicans, dont la chasse au trésor finit même dans le lit d'une rivière : « En travers du ruisseau, Uncas établit une petite digue. Le cours de l'eau fut détourné ; et dans le lit à sec, l'astucieux Mohican découvrit les traces que tous cherchaient depuis si longtemps. Le chasseur, aussi excité qu'un savant naturaliste devant les ossements fossilisés d'un mammouth, ne retenait pas ses cris d'admiration. » Les empreintes, celles d'un talon appuyé, d'un pied long, large et carré du haut, appartiennent au chanteur à qui les

Hurons ont fait chausser des mocassins, et les jeunes filles dont on ne trouve aucune trace ont mis ses pas dans les siens.

Fenimore Cooper à propos de l'excitation du chasseur s'exprime comme quelqu'un qui connaît le salon de Cuvier et les salles du Muséum autant que les forêts d'Amérique, et son personnage pourrait lui répondre, comme il l'avait fait un peu plus tôt en s'adressant au major : « Vous parlez comme un livre, ou comme un Blanc. » Car en laissant derrière lui sa défroque d'Européen, Œil de Faucon a laissé l'usage du livre aux femmes et aux enfants : « Me prenez-vous pour un enfant perdu dans les jupons de sa grand-mère ? Prenez-vous mon fusil pour une plume d'oie, ma corne à poudre pour un encrier, ma gibecière pour un mouchoir enveloppant ma collection d'écolier ? » s'écrie-t-il en vantant ce qu'il appelle le désert, où chacun peut lire sans avoir appris. Fenimore Cooper lui prête cependant une pensée plus subtile quand il voit dans l'écriture, cette invention de comptables et d'hommes de lois, une façon d'attester le mensonge* : « Je suis prêt à reconnaître, avoue-t-il à Chingachgook au début du roman, que les hommes de ma couleur ont quelques coutumes que mon honnêteté désapprouve. Ainsi, ils ont pris l'habitude de consigner leurs exploits ou leurs observations dans les livres, au lieu de les raconter oralement dans leurs villages. Il est impossible, de cette manière, d'infliger un démenti à un fanfaron, et le brave, lui-même, ne peut prendre ses camarades à témoin de ses propres faits d'armes. À cause de cette malheureuse coutume, un homme qui refuse de perdre son temps au milieu des femmes, pour apprendre à déchiffrer les signes noirs imprimés sur le papier blanc, cet homme n'entendra jamais conter les exploits de ses pères, ce qui l'encourageait à les imiter et à les surpasser. »

Si Œil de Faucon peut tenir ce langage, c'est qu'il a vécu des années dans des clans où manquer de parole est un crime, où la lâcheté, le ridicule ont la même valeur infamante que les condamnations infligées par nos lois. Ce personnage dans lequel Champollion a pu lointainement se reconnaître, parce qu'il avait quitté ses habits d'origine pour adopter d'autres coutumes et parler une autre langue, est le descendant de ceux que les historiens d'aujourd'hui appellent les « Indiens blancs[1] », c'est-à-dire les anciens coureurs de bois, et parmi eux les interprètes ou « truchements* » qui finissaient par rester dans les tribus où ils avaient d'abord hiverné. Le descendant de cet Étienne Brûlé qui passa dix-huit ans chez les

---

1. Cf. *Les Indiens blancs* (Français et Indiens en Amérique du Nord, XVIe-XVIIIe s.), de Philippe Jacquin (Payot, 1987).

Hurons avant de s'y faire tuer, et que Champlain vit un jour revenir à Trois-Rivières, à demi nu et imberbe, simplement vêtu d'un brayet, en l'occurrence une pièce de drap passée entre les cuisses. Le descendant de Jean Manet, Gros Jean de Dieppe, Olivier Letardif, Jean Nicollet et tant d'autres, célèbres ou anonymes, dont on retrouve la trace dans les relations d'époque et sur les pierres tombales : tous plus ou moins mendiants, déserteurs ou brigands, échappant à leur condition ou à leurs crimes, engagés sans salaire mais trafiquant dans la fourrure, illettrés chargés d'apprendre une langue en deux ou trois hivers afin de favoriser le commerce de « l'or brun », et séduits définitivement par l'ombre des forêts propice à la vie clandestine, cédant au charme d'une société accueillante et libre, sans monument et sans écriture, apparemment sans religion et sans loi, au sein de laquelle on peut, à condition de prouver son adresse à la chasse et à la guerre, ainsi que son endurance à la douleur, vivre sans pousser la charrue, en passant des heures à fumer tranquillement quand on ne frôle pas la mort dans un canot d'écorce. Bref, à vivre comme des « gens sans aveu », comme « des bêtes brutes et athées », selon le vocabulaire méprisant des Jésuites qui ne comprennent pas comment, tout au long des XVIIe et XVIIIe siècles, des milliers d'Européens ont trahi l'Église et le Roi pour devenir volontairement sauvages. Comment on peut abandonner un nom de baptême pour un nom de guerre, et vivre dans le libertinage avec une Indienne, à demi rôti comme les gueux qui passent leurs journées au soleil.

Étienne Brûlé dans l'histoire, Œil de Faucon dans le roman illustrent à leur manière ce métissage incessant des peuples qui va de pair avec l'échange des marchandises, des habits, des coutumes et des langages, ce va-et-vient encore compliqué par le rôle ambigu de chacun quand il se fait espion, traître, trafiquant, marchand de rêves ou de devises, négrier, interprète, collectionneur, usant de son nom comme d'un trésor et de son savoir comme d'une monnaie d'échange*.

Champollion qui de son côté fut un « truchement » entre l'Antiquité et nous, sinon entre les vivants et les morts, connut lui aussi les plaisirs du travestissement. Dès l'enfance, et bien avant que ses travaux lui valent le surnom d'Égyptien, il s'était senti oriental dans l'âme, peut-être à cause de ses yeux noirs, de son teint mat et de ses boucles brunes, mais c'est grâce au costume que la métamorphose est achevée, ainsi qu'il l'écrit à Jacques-Joseph à la fin d'une longue lettre adressée du Caire le 27 septembre 1828 : « Ma santé est toujours excellente et meilleure qu'en Europe, puisque je t'ai écrit ces sept pages tout d'une haleine, ce que j'eusse été incapable de faire à Paris sans spasmes à la cervelle. Il est vrai que je suis un homme tout nouveau. Ma tête rasée est couverte d'un énorme turban. Je suis complètement habillé à la turque, une belle moustache couvre ma bouche, et un large cimeterre pend à mon côté. Ce costume est très chaud, et c'est justement ce qui convient en Égypte; on y sue à plaisir et l'on s'y porte de même*. »

Dans les rues d'Alexandrie, débarquant d'Europe il est frappé par le sombre arc-en-ciel des populations, « ce mélange d'Égyptiens de couleur brune cuivrée, de Barabras d'une teinte encore plus foncée, de Bédouins au teint noirci contrastant avec leurs vêtements de couleur blanche, de Nègres et d'Abyssins se pressant et se touchant... » Et tout au long du Nil, pendant qu'il relève, à côté des inscriptions et des dédicaces au front des temples, les tatouages à l'encre bleue sur le front des femmes, il est particulièrement attentif aux noms, aux traits du visage, aux costumes des peuples d'Afrique et d'Asie, voisins ou envahisseurs de l'Égypte — autant de précieux éléments pour les bases d'une géographie comparée, et plus encore pour ce qu'il appelle « la reconstruction du tableau ethnographique du monde dans la plus antique période de son histoire ». Cependant, c'est l'ironie qui reprend le dessus quand il entreprend de raconter, en novembre 1828, son arrivée à Dendéra et son équipée nocturne dans un accoutrement théâtral : « Il faisait un clair de lune magnifique, et nous n'étions qu'à une heure de distance des temples : pouvions-nous résister à la tentation ? Je le demande aux plus froids des mortels ! Souper et partir sur-le-champ furent l'affaire d'un instant : seuls et sans guides, mais armés jusques aux dents, nous prîmes à travers champs, présumant que les temples étaient en ligne droite de notre mâasch. Nous marchâmes ainsi, chantant les marches des opéras les plus récents, pendant une heure et demie, sans rien trouver. On découvrit enfin un homme ; nous l'appelons, et il détale à toutes jambes, nous prenant pour des Bédouins, car, habillés à l'orientale et couverts d'un grand burnous blanc à capuchon, nous ressemblions, pour l'Égyptien, à une tribu de Bédouins, tandis qu'un Européen nous eût pris, sans balancer, pour une guérilla de moines chartreux, armés de fusils, de sabres et de pistolets. » L'habit ne fait pas le moine pour tout le monde, et surtout pas pour soi, c'est en somme ce qu'écrit Champollion à son vieil ami Augustin Thévenet en lui envoyant ses vœux le 1er janvier 1829, sur le mode plaisant qui est souvent le sien : « Je t'écris ces trois lignes, mon cher petit, pour te souhaiter la bonne année, accompagnée de plusieurs autres... Je tenais à te prouver que, malgré les distances, je n'oublie pas ceux que j'aime ; que j'ai beau être au fond de la Nubie, avoir une barbe de capucin, être habillé comme un Arabe du désert, ne savoir plus ce que c'est qu'un chapeau ni une culotte, manger du pilau avec les doigts, fumer trois fois par jour et boire de l'eau du Nil à discrétion — tout cela ne m'est allé qu'à la peau, et je suis toujours, au fond, "Dauphinois endiablé". »

Champollion revient à lui avant la fin du voyage : après être descendu seul au fond des chambres souterraines afin d'entendre la voix des ancêtres, après avoir emprunté les passages étroits des tombeaux pour voir de plus près la toilette des morts, il pressent qu'à vouloir supprimer la distance intime qui nous sépare de l'autre, on ne fait que dépouiller les Pharaons de leurs trésors — ou les Indiens de leurs fourrures.

Avant que la forêt ne se referme comme un piège sur Uncas et ses compagnons, pendant que dans la cheminée le bois se consume sans réchauffer la pièce, et que la voix qui fait la lecture s'essouffle au point de mourir par endroits, Champollion prend le temps de rêver à l'origine des langues telle que la racontent les Indiens. Sur les rives du Saint-Laurent l'histoire qu'on raconte à ce propos n'est pas la même que sur les bords du Nil ou de l'Euphrate, bien que les langues, divisées comme partout, soient plus nombreuses encore, — plusieurs centaines avant l'arrivée des Blancs, presque autant que de tribus, sur un territoire où le seul semblant d'écriture, ni cunéiforme ni hiéroglyphique, est ce langage par gestes dont se servent les hommes pour communiquer entre eux en se passant d'interprètes* : la main ouverte ou fermée, la paume tournée vers le ciel ou vers la terre, le bras qui trace des cercles dans l'air ou qui vient frapper la poitrine tracent des signes aussitôt effacés, des signes qui ne connaîtront pas la poussière des archives parce qu'ils n'ont pas l'ambition de parler au loin. Et « si le Grand Esprit donna des langues différentes à ses enfants rouges », ce n'était pas pour châtier l'orgueil humain en enfermant chacun dans son jargon, mais pour répondre à une nécessité que nous avons perdue de vue : « C'était, ainsi que l'affirme Magua vers la fin du roman, pour que chacun puisse se faire entendre des animaux de sa contrée*. »

D'autres légendes, d'autres coutumes (le totem lié à un animal, les raies rouges sur le visage des guerriers, la guérison des blessures grâce à une feuille d'orme), d'autres superstitions et d'autres terreurs que les nôtres fournissent à Champollion la matière d'une étude comparée qu'il n'écrira pas. Mais quand le piège se referme (sur Uncas bientôt sacrifié, sur Cora dont le cadavre est étendu sur un lit de feuilles parfumées), il retrouve dans l'épisode final du *Dernier des Mohicans*, avec la pratique du chamanisme, une médecine mêlée de magie qui a cours aussi dans les campagnes françaises, et qui le plonge dans le temps qui précéda sa naissance, ce temps si ténébreux pour chacun d'entre nous qu'il se confond avec l'histoire la plus reculée, dont la chronologie est sans cesse à refaire.

Alice est prisonnière des Hurons, et le major Heyward, amoureux transi au milieu de la forêt, entreprend de la sauver. Alice est retenue dans une caverne « arrangée avec art, subdivisée en plusieurs salles à l'aide de panneaux d'écorce, de branchages et de terre séchée », qui sert aux Indiens de magasin de vivres, d'entrepôt d'armes et de salle du trésor. Dans la même caverne on a aménagé un appartement pour une femme malade, qu'on croit possédée par un esprit malin. Le major, avec l'aide d'Œil de Faucon qui a revêtu la défroque d'un sorcier, la peau d'un ours dont il imite la démarche lourde et les grognements*, se fait passer pour médecin afin d'approcher la malade, et Alice du même coup : son projet est de substituer une femme à l'autre, et d'entraîner Alice hors de la caverne en abusant de la crédulité des Indiens. « Au premier coup d'œil, le prétendu médecin sut que la moribonde était condamnée, et que ses "talents" n'y pourraient rien. Une paralysie générale lui avait fait perdre l'usage de la parole, et de ses membres. Elle ne paraissait même plus souffrir. Heyward sentit alors fondre ses derniers scrupules ; il préférait que sa supercherie trompe une mourante sans espoir de guérison... » Il procède alors à ce que Fenimore Cooper appelle ses « simagrées », de même qu'un peu plus tôt, Œil de Faucon avait imité les « jongleries » du sorcier, et le stratagème réussit, au moins provisoirement.

Or cet épisode, grave et burlesque à la fois, ressemble trait pour trait au récit de la naissance de Champollion, récit qu'il entendit maintes fois au cours de son enfance, et qui orienta en partie son destin. Sa mère, qui après avoir perdu deux fils venait de donner naissance à une fille, « tomba gravement malade et ses douleurs rhumatismales s'aggravèrent au point de la paralyser complètement au début de janvier 1790 ; abandonnée par les médecins, elle semblait tout à fait prostrée, n'attendant plus que la mort, écrit Hermine Hartleben avant d'ajouter un peu solennellement : « Une tradition solidement établie au sujet de sa guérison et de la naissance de son plus jeune fils doit être rapportée ici, car elle a influé de façon tout à fait remarquable sur l'enfance et la première jeunesse de celui-ci. Selon les relations unanimes, le libraire, angoissé à la pensée de perdre son épouse, eut recours à un certain Jacquou dit "le Sorcier" à qui l'on attribuait toutes sortes de connaissances extraordinaires ainsi que nombre de guérisons. Il fit allonger la malade sur des herbes chauffées, aux propriétés connues de lui, prépara des décoctions de simples dont on devait lui donner à boire et la frictionner, après quoi il promit un rétablissement complet et rapide. Mais il ne s'arrêta pas là et prédit aussi la naissance d'un fils qui serait une "lumière des siècles à venir". De fait, la patiente put se lever au bout de trois jours et au bout de huit, elle montait et descendait les escaliers de sa maison en courant. Comme le premier point de la prophétie s'était vérifié sur-le-champ, on crut aussi à la célébrité future de l'enfant dont la naissance prit les proportions d'un événement qui, selon la tradition, réjouit toute la ville ».

Champollion qui portait les prénoms de sa mère (elle s'appelait Jeanne-Françoise) devait sourire en entendant pareil récit, digne d'une légende dorée ou d'une vie de saint aux illustrations naïves. Mais en ressuscitant une civilisation qu'on croyait morte à jamais, en déchiffrant les hiéroglyphes dans lesquels on voyait avant lui de grands mystères religieux, de hautes spéculations philosophiques, quand ce n'était pas le secret de la science occulte*, il n'a peut-être fait que donner un sens plus pur à la prophétie d'un charlatan.

Le musée de l'homme

C'est dans une autre caverne, qui fut jadis la demeure des rois, que Champollion vit de véritables Indiens. Une caverne dont les salles, de plus de cinquante pieds de longueur, sont autant de salles du trésor, où les tableaux sont entassés jusqu'aux corniches, depuis que Napoléon, dans cet ancien palais où la République avait installé son Muséum, a entreposé le butin de ses campagnes d'Italie. Entre les colonnes de marbre, au milieu de blocs détachés du temps, comme ces chapiteaux qui semblaient soutenir le ciel et qui jonchent maintenant le sol, s'accumulent les produits du pillage et de la profanation. Dans ce qui fut longtemps un étrange capharnaüm (où les peintres du xviiie siècle eurent leur atelier et leur logement, constructions précaires, simples cahutes où les artistes vivaient avec leur marmaille et leurs élèves, dans un désordre au-dessus duquel flottait la forte odeur des latrines), aux premières collections de Mazarin et de Colbert sont venus s'ajouter l'Apollon du Belvédère et le Laocoon, la Vénus de Médicis, des bustes antiques et des vierges renaissantes, des annonciations, des miracles, des cènes et des descentes de croix, les *Lances* de Velázquez et la *Ronde de nuit* de Rembrandt, mais aussi des vases de toutes les époques, des porcelaines recollées, des pendules qui ne donnent plus l'heure, des dieux à la face rébarbative et des animaux grimaçants, et même les débris du naufrage de La Pérouse.

Dans ce Louvre où vient d'entrer la Vénus de Milo découverte en 1820, Champollion quant à lui vient de terminer l'arrangement de ses *care mummie*, « de manière à ce qu'elles se présentent sous leur côté le plus *aimable* et leur point de vue *le plus gracieux* », au regard des Parisiens dont il espérait guetter les réactions, écouter les commentaires en se promenant gravement dans les salles, si l'attaque de goutte dont il parle à Zelmire dans sa lettre du 16 janvier 1828 ne l'avait contraint, en même temps qu'à « l'immobilité spéculative » qu'il aime tant d'habitude, à hiverner chez les Indiens d'Amérique en compagnie de Fenimore Cooper. Or, cette lecture lui remet en mémoire une circonstance qui produisit sur lui une « impression profonde », et qu'il entreprend de raconter dans la même lettre : « On a pu parler dans vos journaux d'une petite troupe de sauvages américains de la tribu des Osages qu'un capitaine de vaisseau s'est imaginé de conduire à Paris. Ces bonnes gens avaient conservé le costume de leur nation et vous devez vous figurer quel effet cela dut produire sur nos badauds de Paris. Le chef de ces Osages, accompagné de trois guerriers et de deux femmes, vint visiter le Palais du Louvre et je les trouvai dans l'une des plus magnifiques salles du Musée, ornée de riches colonnes des marbres les plus précieux, de tout le luxe des arts et remplie des chefs-d'œuvre de la sculpture antique. Le contraste de ces hommes presque nus et de ces figures stupidement immobiles, au milieu d'objets qui remuent si puissamment les idées et les sens des êtres civilisés, avait quelque chose d'affligeant et je ne sais encore si c'était pour les sauvages ou pour nous. L'orgueil de la civilisation nous commande de dire que tout le tort était du côté des Osages. Quoi qu'il en soit, une foule de belles dames parisiennes, élégantes et merveilleuses au premier degré, se pressaient autour de ces enfants de la nature sans même s'apercevoir du froid dédain avec lequel leur curiosité était accueillie, ni remarquer le peu d'impression que leurs charmes et leurs parures *au dernier goût* produisaient sur les héros de la fête. »

Malgré l'indifférence qui frappe tant Champollion, dans une lettre où son opinion change au fur et à mesure que son regard se déplace, il semble bien que ce soient les Osages eux-mêmes qui aient souhaité voir la France, attirés sans doute par les récits des commerçants et des trappeurs qui leur parlaient de prairies et de rivières enluminées par le souvenir, peut-être de braconnage et de chasse à courre, mais certainement pas des marbres du Louvre ou de l'or des théâtres; attirés aussi par les récits des anciens, des pères de leurs pères qui avaient entendu parler d'un séjour des leurs à la cour de Louis XV. Nul ne sait l'impression que produisirent sur ces êtres baroques l'industrie et l'apparat d'une nation qui faisait profession d'intelligence, mais qui s'était donné pour roi un enfant de cinq ans, devenu en 1725 cet adolescent que nous montre un tableau de Vanloo, fragile et sensuel, poudré pour partir à la guerre, l'habit à rubans dépassant sous la cuirasse; l'impression que leur firent les perruques et les manières des courtisans, la galanterie des femmes, et ces palais où les miroirs donnent l'illusion qu'on marche au-devant de soi; mais on peut deviner qu'un siècle plus tard, à des milliers de kilomètres, la France était devenue un pays de cocagne dans l'imagination de ces têtes peinturlurées.

L'envie leur vient donc de refaire, du Missouri à la Seine, une traversée qui commence par un naufrage: au début de l'année 1827, les Osages s'étaient embarqués avec un stock de pelleteries accumulées depuis trois ou quatre ans pour payer leur passage, mais près de Saint Louis leur embarcation se renverse. Un certain colonel Delaunay, plus tard démasqué comme escroc et mis en prison pour dettes, se charge alors de conduire à Paris six rescapés, en compagnie d'un interprète, un nommé Paul Loise, fils d'un Français et d'une femme Osage. Le groupe composé de quatre hommes et de deux femmes s'embarque à La Nouvelle-Orléans pour arriver le 27 juillet au Havre. Grâce au *Moniteur universel*, qui écrit Le Hâvre avec un accent circonflexe, on suit quasiment jour après jour l'équipée de ces « bons sauvages », qui commence par une sorte de marche triomphale avant de se terminer bien plus tard par une errance désastreuse, et nous savons très précisément à quoi ils ressemblent : « Ils sont de taille ordinaire ; ils sont nus jusqu'à la ceinture ; leur peau est cuivrée et luisante, leur visage peint en rouge, et quelques lignes vertes sillonnent d'une manière pittoresque les ornements bizarres qu'ils portent sur leur tête rasée, en forme de casque antique. Les femmes, de dix-huit à vingt ans, sont plus décemment vêtues... »

Accueillis par une foule de curieux qui ne se souviennent pas que leurs ancêtres, en 1562, ont vu d'autres Indiens dans les mêmes parages*, ils sont promenés en voiture découverte, reçus à la mairie où ils abusent un peu du muscat de Rivesaltes. Encore étourdis ils assistent à la parade des troupes à la citadelle, à une séance de voltige au manège, à un assaut d'armes à la salle de la Bourse, et même à une séance de physique amusante. Les notables qui les invitent à souper sont définitivement rassurés en les voyant manger des viandes cuites, « ce qui confirme qu'ils ne sont pas anthropophages ».

Comme la décence ne craint pas le ridicule, on fait enfiler aux Osages, par-dessus leur costume, une redingote bleue pour les hommes, un manteau rouge pour les femmes, et dans ce déguisement on les fait monter sur la *Duchesse d'Angoulême*, un bateau à vapeur qui les mène à Croisset puis à Rouen, où ils arrivent un mardi à sept heures du soir. En chemin ils ont croisé un vieux mendiant devant lequel ils se sont levés pour lui adresser des marques de respect, jusqu'à ce qu'ils le perdent entièrement de vue, épisode qui fait dire au *Moniteur* que « les Osages ont une grande vénération pour les vieillards ». Ils logent à l'Hôtel de Lyon, rue du Grand-Pont, où ils jouent aux cartes quand on les laisse en repos. Mais les festivités se succèdent, et les spectacles : ils bâillent dans la loge du gouverneur, pendant qu'on joue sur la scène, au milieu d'une nature en carton-pâte, *Robin des bois* et *Paul et Virginie*.

Après trois ou quatre jours à Rouen ils

remontent la Seine à bord du *Vélocifère*, empruntant la même voie que l'obélisque de Louxor quelques années plus tard, puis un fiacre les conduit de la barrière de l'Étoile jusqu'à la rue de Rivoli, à l'Hôtel de la Terrasse, d'où ils saluent la foule venue nombreuse pour contempler ces êtres aussi merveilleux, aussi incroyables que la Vénus hottentote, que la girafe qu'on promène depuis le mois de juin dans le Jardin du Roi, que la baleine naturalisée qu'on montrera bientôt sur la place Louis-XVI. « Nus jusqu'à la ceinture, répète *Le Moniteur*, ils portent aux bras de larges plaques en argent, l'une au bout du bras, l'autre près du poignet ; leur cou est orné d'un collier à plusieurs rangs de perles ; le milieu est garni d'une plaque en argent de forme ronde ; leur coëffure consiste en une pièce d'étoffe rouge, surmontée de plumes de différentes couleurs : l'un d'eux (à cause du froid sans doute) portait une couverture blanche, bordée en bleu, laissant à découvert l'épaule et le bras droit. Il avait une espèce de hache, au manche de laquelle pendaient plusieurs touffes de plumes. » Un autre jour c'est une femme qui se montre au balcon, pour écouter des musiciens ambulants qui lui donnent l'aubade : « Sa taille est petite, sa figure est pleine de douceur ; elle a les cheveux très noirs, séparés par une large raie peinte en rouge ; son cou est orné d'un collier ; son vêtement est une espèce de tunique par-dessus un jupon fort court, ses jambes sont enveloppées. Tout cet habillement est d'une étoffe rouge, avec une bordure noir et bleu découpée. » Leur « coëffure » est précisément celle de Chactas, le héros de Chateaubriand, ils fument des cigares « dont la fumée est d'une blancheur éclatante », et les femmes qui commencent peut-être à s'ennuyer « s'occupent souvent de travaux à l'aiguille ».

Le 19 août ils sont reçus chez le baron de Damas, ministre des Affaires étrangères, et le 21 à Saint-Cloud, à l'heure de la messe, chez le Roi qui les fait attendre dans le salon de Mars. Partout ils goûtent fort le vin de Madère et les fruits, raffolent des melons, et pendant plus d'un mois les « bons sauvages » font fureur. Les échotiers font de bons mots, les chansonniers des charades, les caricaturistes les portraiturent quand ils sont las de la girafe envoyée par le pacha d'Égypte, la première qu'on ait vue à Paris; dans les cafés on sert un « punch aux Osages » (les plus délicats, ou les plus vertueux, prennent une « glace à la girafe »), les modistes inventent un « brun Osage » et la haute couture lance une mode indienne. Aux Variétés on crée une folie-parade dont ils sont les héros, on leur fait faire le tour des théâtres dont ils contribuent à remplir les salles, enfin on les mène au cabinet des cires où ils peuvent dévisager leur sosie.

Médusés par des figures bien plus étranges on les voit au Musée du Louvre, où Champollion, témoin d'une scène dont les feuilles de l'époque ne disent rien, distingue sur la physionomie des deux femmes autre chose que le « contentement parfait » dont parle le rédacteur anonyme du *Moniteur universel* : « L'une des deux femmes Osages, assise sur une banquette de velours et les deux mains appuyées sur le siège, balançait nonchalamment ses pieds, comme un enfant qui cherche à passer le temps, sans donner aucune marque d'intérêt aux dames qui faisaient un grand cercle autour d'elle. L'autre femme Osage qui s'appelait *Mihanga* était encore plus impassible que sa compagne. Ses traits étaient agréables, malgré la teinte de *sauvagerie* qui se mêlait singulièrement à une physionomie à la fois grave et douce. Le beau monde qui l'entourait n'obtint point un seul regard : Mihanga paraissait toute renfermée en elle-même. Elle se lève tout à coup après avoir jeté un coup d'œil autour de la salle, traverse la foule, se dirige à pas comptés vers une colonne du fond et s'assied dans l'ombre projetée par la colonne, la face tournée vers le mur. Là, croisant ses bras sur ses genoux, la tête baissée et les yeux fermés, elle commence à demi-voix un chant lentement cadencé et d'une tristesse déchirante. Je l'avais suivie, mais je me tenais à certaine distance. Les belles dames n'imitèrent point ma discrétion : elles entourèrent de nouveau la plaintive Osage, qui tout entière à ses souvenirs prolongea sa chanson pendant une demi-heure, sans se douter de la sotte curiosité qui, sans comprendre ses douleurs voyait un frivole amusement là où la pitié, la sympathie et la compassion pouvaient seules trouver une place. Cette pauvre malheureuse pensait sans doute à son pays et aux êtres chéris qu'elle avait laissés et nos belles Parisiennes riaient... Je vous demande qui, de Mihanga ou de ces dames, méritait le nom et l'accoutrement de sauvage. »

Mihanga qui est enceinte (elle accouchera à Liège au printemps suivant) berce sa tristesse en chantant pour elle-même, mais en même temps qu'elle se délivre d'une vraisemblable nostalgie, elle cherche peut-être à conjurer le mauvais sort. Car pendant que Champollion sera enfin en Égypte, un quotidien de Munich signalera la présence des Osages à Fribourg-en-Brisgau, abandonnés de tous et mourant de faim. Pendant les années 1829 et 1830, ils poursuivront ainsi leur errance à travers l'Allemagne, la Hollande, la Suisse et l'Italie. Finalement trois d'entre eux seront embarqués à Bordeaux en 1830, et les trois autres rapatriés par le Consul général des États-Unis. Pendant le voyage de retour, deux hommes mourront de la petite vérole, et Mihanga qui rentre seule au pays natal est une jeune veuve avec un enfant sur les bras.

Champollion n'a sans doute rien su de la fin désastreuse de l'aventure, mais entre les colonnes ouvragées du Louvre, au milieu des Grecs et des Romains pétrifiés il a vu passer comme une ombre la tristesse des tropiques, et dans ce musée qu'il avait appelé de ses vœux, il a pressenti l'angoisse qui nous étreint aujourd'hui, devant la disparition de l'homme qu'on allait mettre vivant dans des réserves, avant de mettre sous vitrine ses outils, ses ossements, ses parures : l'homme devenu pour nous, au lieu d'un mystère troublant et proche, un objet d'étude aussi éloigné que les anciens dieux, et que le langage n'en finit pas de disséquer.

SCHOLIES

Page 10

Grâce aux monuments et aux stèles qu'il a élevés durant son règne, et par ses écrits, Ramsès II a laissé entendre que sa naissance avait coïncidé avec le début d'une période sothiaque, c'est-à-dire le moment précis où les deux calendriers égyptiens — celui de l'année réelle qui tenait compte du quart de jour perdu chaque année, et celui de l'année fixe qui perdait un jour tous les quatre ans — se rencontraient à nouveau. Cette rencontre, qui n'avait lieu que tous les 1 461 ans, était évidemment considérée comme propice, et bien des actions de Ramsès II furent par la suite considérées comme des miracles : non seulement il force le destin dans des batailles considérées comme perdues, mais il trouve l'emplacement d'un puits dans le désert nubien, et fait sourdre l'eau sous douze coudées de sable et de rochers, il arrête la pluie et la neige un jour qu'il marche au-devant d'une princesse escortée d'une interminable caravane : il suffit qu'il apparaisse pour que revienne le soleil (auquel il est assimilé), et l'on ne doute même pas que les crues du Nil, quand elles sont exceptionnelles, ne soient l'un de ses bienfaits. Protégé par Horus et par Seth, Ramsès II fait croire (sans doute parce qu'il y croit lui-même) à sa prédestination et à sa chance (Cf. Christiane Desroches Noblecourt, préface au catalogue de l'exposition « Ramsès II et son temps », Palais de la Civilisation, Montréal, juin-septembre 1985).

Page 12

« Comme pendant des années on voulut le tenir à l'écart de l'étude, il s'avisa d'un moyen pour pénétrer en cachette les mystères des livres. Sa pieuse mère avait orné la mémoire du petit garçon de longs extraits de son missel qu'il répétait sans broncher ; il ne tarda pas à trouver un exemplaire du vieux livre, se fit montrer incidemment les pages et les *réclames* des passages qu'il avait appris par cœur, se les grava dans l'esprit, puis édifia sur ces bases son premier travail de déchiffrement.

« Selon la tradition, il commença par attribuer un sens imaginaire aux lettres imprimées pour les distinguer entre elles, puis les recopia et compara les mots dans lesquels il reconnaissait l'une ou l'autre. Il réussit ainsi, après un temps assez long, à identifier chaque mot, chaque syllabe, dans les textes du missel qu'il connaissait, donc à les dire — ce qui lui fit découvrir avec assez de précision la valeur des lettres et leur prononciation, voire celle des diphtongues, pour qu'il pût passer progressivement à d'autres pages du même livre qui lui étaient encore étrangères » (Hermine Hartleben, *Champollion*, p. 44-45).

Et Littré précise à propos des *réclames* : « 1° Terme d'imprimerie. Mot ou quelques syllabes d'un mot qu'on imprime au bas d'une page, et qu'on réitère au commencement de la page suivante, pour faire connaître l'ordre exact des pages et des feuilles. 2° Note manuscrite qui rappelle au correcteur le dernier mot et le dernier folio d'une épreuve. Vérifier la réclame, s'assurer si les mots qui commencent une feuille d'impression se lient bien à ceux qui terminent la feuille qui précède. 3° Se dit aussi des mots qui, dans une pièce de théâtre, terminent chaque couplet et avertissent l'interlocuteur que c'est à lui de parler. 4° Terme de plain-chant. La partie des répons que l'on reprend après le verset. »

Page 13

C'est pendant son deuxième séjour en Italie, à Livourne où il s'était rendu afin d'acquérir pour le musée du Louvre la collection Salt d'antiquités égyptiennes, que Champollion rencontra pour la première fois Angelica Palli, le 2 avril 1826. Découverte et publiée sur le tard, leur correspondance, qui va de l'automne 1826 à l'été 1828, révèle un Champollion intime et méconnu jusque-là, un personnage touché par le romantisme ambiant, dont il est aussi l'une des figures actives, à travers sa redécouverte de l'antiquité orientale.

Née en 1798 dans une riche famille d'origine grecque, Angelica Palli, qui nous a laissé des tragédies, des poèmes et des nouvelles, éprouvait un intérêt tout particulier pour l'histoire antique. On lui doit aussi une complainte en grec à l'occasion de la mort de Byron, des traductions de Shakespeare et de Victor Hugo. Patriote sincère, dévouée à la cause de l'unité italienne, elle mourut en 1875.

Quant au surnom de « Zelmire », on peut penser qu'il vient d'un opéra-séria de Rossini qui porte ce titre, créé à Naples pendant le carnaval de 1822, mais représenté pour la première fois à Paris, au Théâtre-Italien, le 14 mars 1826, soit deux semaines avant la rencontre de Champollion et d'Angelica Palli. Le livret de *Zelmire* est tiré d'une pièce française du XVIIIe siècle, elle-même imitée de Métastase, dans laquelle un des personnages se nomme... Rammès !

Page 23

Le titre complet est le suivant : « Lettre à M. Dacier, secrétaire perpétuel de l'Académie royale des Inscriptions et Belles-Lettres, relative à l'alphabet des hiéroglyphes phonétiques employés par les Égyptiens pour inscrire sur leurs monuments les titres, les noms et les surnoms des souverains grecs et romains ; par M. Champollion le Jeune. À Paris, chez Firmin Didot père et fils, libraires, rue Jacob, n° 24. » La lettre est datée du 22 septembre 1822, un extrait en avait été lu à l'Académie le 27 septembre de la même année.

Page 34

Au cours de l'été 1827, les frères Champollion avaient fait la connaissance de Walter Scott chez le célèbre botaniste M. de Mirbel. À la suite de cette rencontre, le romancier écossais avait rendu visite à Champollion le Jeune, pour se faire expliquer le déchiffrement des hiéroglyphes. C'est là une des innombrables rencontres ménagées par l'histoire littéraire, ou l'histoire tout court, d'autant plus fascinantes que nous ne les soupçonnions pas. L'une de ces conversations perdues à laquelle nous aimerions tant avoir assisté, et dont nous inventons des bribes, dans le coin de notre esprit où nous nous livrons à une sorte d'archéologie mentale.

Page 38

S'il est le premier, ce lion est loin d'être le seul à orner la correspondance de Champollion pendant son voyage en Égypte. Ainsi, en octobre 1828, l'Italien Caviglia qui une dizaine d'années auparavant avait dégagé le sphinx des sables qui le recouvraient alors complètement, rejoignit pour un temps Champollion. Nestor Lhôte, le peintre de l'expédition qui tenait aussi un journal, raconte que Champollion profita d'un entretien sans témoin qu'il eut avec Caviglia à côté du grand Sphinx de Gizeh, pour lui reprocher d'avoir vendu aux Anglais un des quatre lions qu'il avait trouvés « si harmonieusement groupés aux pieds du vénérable monument ».

Page 39

On ne sait rien du lieutenant Bouchard, mais quand on a lu *Une passion dans le désert*, il se confond avec le héros anonyme de Balzac, grâce au phénomène de condensation que connaissent bien les lecteurs qui se souviennent aussi de leurs rêves.

Balzac écrivit cette nouvelle (très brève, et tout à fait à part dans *La Comédie humaine*, puisqu'elle échappe complètement au fameux système du retour des personnages) après avoir vu à l'œuvre le dompteur Henri Martin, qui se rendit célèbre à partir de 1829, en livrant sa ménagerie à la curiosité des Parisiens, en particulier de grands fauves qu'il faisait travailler « en douceur ». C'est l'époque où l'on présente aux foules aussi bien des bêtes fauves que des Sauvages, c'est-à-dire des Indiens d'Amérique. Mais la nouvelle de Balzac, si elle se propose de dévoiler le secret du dompteur (le lien sensuel entre l'homme et l'animal) est aussi, selon ses propres mots, « un épisode d'une épopée qu'on pourrait intituler : Les Français en Égypte ».

Un soldat de l'armée napoléonienne est fait prisonnier par les « Maugrabins », ainsi que les appelle Balzac, et il est emmené par eux dans le désert. Mais il réussit à s'échapper, et après avoir marché longtemps, il se réfugie dans une grotte où il est rejoint, en pleine nuit, par une panthère, qui devient vite, une fois passés les premiers moments de frayeur, une « chatte couchée sur le coussin d'une ottomane », une « courtisane impérieuse », une « sultane », une « reine solitaire », et plus clairement encore une « petite maîtresse », dont le soldat caresse le ventre avec « un mouvement aussi doux, aussi amoureux que s'il avait voulu caresser la plus jolie femme... »

Cette histoire qui se termine tragiquement (le soldat qui se croit menacé enfonce son poignard dans le cou de la panthère) illustre à merveille les étranges rapports entre l'exotisme et l'amour, entre le désert et le désir.

Page 40

On sait que l'origine de l'écriture est située en Mésopotamie. Et de même que les Égyptiens furent précédés de quelques siècles par les Assyro-Babyloniens, Champollion fut précédé de vingt ans dans l'histoire du déchiffrement, par Georg-Friedrich Grotefend, qui fut le premier à lire les caractères cunéiformes. Né en 1775, c'est en 1802, donc à moins de trente ans, qu'il fit part de sa découverte à la Société académique de Göttingen : ayant d'abord établi que les inscriptions de Persépolis étaient trilingues, il était parvenu à lire les noms des rois, ainsi que douze caractères de la première écriture.

On peut se demander à ce propos pourquoi Grotefend, dont le coup de génie n'est pas moins admirable que celui de Champollion, est resté à ce point méconnu, sauf des spécialistes. Peut-être parce que sa découverte venait trop tôt pour être appréciée à sa juste valeur (elle est la première d'une longue série, qui autorise Jean Bottéro, dans *Mésopotamie : L'écriture, la raison et les dieux*, Gallimard, 1987, à parler de déchiffrements « en cascade »), peut-être parce que la civilisation assyro-babylonienne, beaucoup plus mal connue que l'égyptienne, a fait moins rêver. Mais la personnalité des déchiffreurs y est aussi pour beaucoup. Grotefend, éminent latiniste et historien, fait pourtant figure d'amateur éclairé, parce que sa découverte, dont il n'exploite d'ailleurs pas toutes les conséquences, ne résume pas comme pour Champollion la passion d'une vie. Tous deux sont des savants hors du commun, mais le premier est un universitaire, alors que le second est un génie romantique.

Page 41

Clément d'Alexandrie l'avait mis sur la voie, ainsi que sa connaissance de la langue copte, dans laquelle « loboi » signifie « lion » mais désigne aussi la lettre « L », de même que « ahom » désigne à la fois l'aigle et la lettre « A ». Ce qui nous rappelle les alphabets d'oiseaux où l'on retrouve l'aigle pour le « A », et les lettres illustrées des abécédaires.

Page 42

À propos du monument de Derri, Champollion écrit à son frère le 10 février 1829 : « C'est là que j'ai pu fixer mon opinion sur un fait assez curieux : je veux parler du *lion* qui, dans les tableaux d'Ibsamboul et de Derri, accompagne toujours le conquérant égyptien. Il s'agissait de savoir si cet animal était placé là *symboliquement* pour exprimer la vaillance et la force de Sésostris, ou bien si ce Roi avait réellement, comme le capitan-pacha Hassan et le Pacha d'Égypte, un *lion apprivoisé*, son compagnon fidèle dans les expéditions militaires. Derri décide la question. J'ai lu, en effet, au-dessus du lion se jetant sur les Barbares renversés par Sésostris, l'inscription suivante : "Le lion, serviteur de Sa Majesté, mettant en pièces ses ennemis." Cela me semble démontrer que le lion existait réellement et suivait Rhamsès dans les batailles. »

À la fin de la même année, pendant son second séjour au Caire et Alexandrie, Champollion a pu voir de près ce symbole vivant du pouvoir. Invité par Mohammed-Aly, il lui raconte des histoires (sur Bonaparte et sur Ramsès, sans oublier de plaindre le sort des fellahs), et le Pacha lui raconte les siennes. Après avoir évoqué la fuite épouvantée d'un prêtre copte envoyé pour le convertir (« Mon bourreau vous attend » lui avait fait dire Mohammed-Aly), « le fin sourire qui éclairait presque constamment son visage s'éteignit et sa main serrée s'appuya, bien trop fort paraît-il, sur la tête du majestueux lion apprivoisé qui se tenait à côté de lui. À ce moment-là, épouvanté par un mouvement brusque de ce lion vers les hôtes, Ibrahim Pacha se leva pour le rappeler à l'ordre : "Un seul geste du vice-roi d'Égypte tranquillisa le roi du désert" ». (Note d'Hermine Hartleben, p. 423 des *Lettres et journaux* de Champollion.)

Page 43

L'horizon borné par le lion d'Orient et le lion d'Occident fait venir à l'esprit une autre image, celle du siècle dernier dont l'horizon est également borné par deux lions : le déchiffreur des hiéroglyphes d'une part, le déchiffreur des rêves d'autre part. Non seulement parce qu'on a souvent souligné l'analogie entre les hiéroglyphes et le langage des rêves (voire le symptôme, comparé par Lacan à un cartouche), mais parce que l'Égypte antique a joué un grand rôle dans la vie et la pensée de Freud, de la Bible de Philippson qu'il lisait dans son enfance à son dernier livre, *Moïse et le monothéisme*, en passant par les statuettes qui ornaient son bureau, entre autres une tête pharaonique. Qu'il suffise de rappeler ici l'un des plus fameux rêves de Freud, lié à sa découverte, au moins dans le langage, du coïtus, comme il le raconte lui-même dans *L'Interprétation des rêves*: « Il était extrêmement net et me montrait *ma mère chérie avec une expression de visage particulièrement tranquille et endormie, portée dans sa chambre et étendue sur le lit par deux (ou trois) personnages munis de becs d'oiseaux*. Je me réveillai pleurant et criant, et troublai le sommeil de mes parents. Les personnages très allongés, bizarrement drapés, à becs d'oiseaux, je les avais empruntés à la Bible de Philippson. Je crois que c'étaient des dieux à tête d'épervier appartenant à un bas-relief funéraire égyptien » (trad. Meyerson, P.U.F., 1926 et 1967).

Mais l'égyptologie, du point de vue de la psychanalyse, importe sans doute moins par son contenu, par les innombrables symboles qu'elle propose, que par son histoire : celle d'une écriture dont on se souvient mais qu'on ne sait plus lire, et d'un sens retrouvé après des siècles d'oubli.

Page 55

Après avoir relevé que les animaux du désert, au pelage roux, étaient consacrés à Ramsès II, Christiane Desroches Noblecourt ajoute, dans sa préface au catalogue déjà cité : « À notre grande surprise, lorsque nous avons pu faire venir à Paris la momie de Ramsès pour arrêter la désagrégation dont un champignon nocif alors non encore identifié le menaçait, plusieurs spécialistes du système capillaire qui étudièrent le crâne de la dépouille mortelle, avant son irradiation aux rayons *gamma*, découvrirent que les racines des cheveux du pharaon révélaient un système pileux incontestablement roux.

« On peut alors se demander à juste titre si cette caractéristique de Ramsès II, et probablement de ses ancêtres immédiats, n'avait pas influencé leur attitude vis-à-vis du dieu Seth dont relevaient les "formes rousses". »

« Le pharaon avait donc, en quelque sorte, sublimé ce qui, pour d'autres, aurait constitué sinon une tare, du moins un sérieux désavantage. »

Page 58

Cuvier, qui était en relation avec les archéologues et les orientalistes de son temps, connaissait aussi les frères Champollion. Il a corresponu avec l'aîné au sujet des fossiles de Provence, et il rend hommage au plus jeune dans son *Discours sur les révolutions de la surface du globe et sur les changements qu'elles ont produits dans le règne animal*, écrit peu de temps après le *Précis du système hiéroglyphique*. Se définissant lui-même comme un « antiquaire d'une espèce nouvelle », il affirme à propos de ses recherches sur les espèces disparues, et leur reconstitution à partir d'ossements hétéroclites et fragmentaires, fossiles recueillis pour une grande part dans le gypse de Montmartre, qu'il lui fallut « apprendre à la fois à restaurer ces monuments des révolutions passées et à en *déchiffrer le sens* » (Cf. l'article de Jacques Lambert, *Lecture et identification dans l'histoire naturelle : Cuvier et le déchiffrement des organismes*, dans le cahier n° 4 du Groupe de recherches sur la philosophie et le langage, Grenoble, 1984).

On se souvient que pour Balzac, Cuvier était le plus grand poète de son siècle (opinion qui était à peu près celle d'Edgar Poe à propos de Champollion), et il écrit dans *La Peau de chagrin* : « Lord Byron a bien reproduit par des mots quelques agitations morales, mais notre immortel naturaliste a reconstruit des mondes avec des os blanchis, a rebâti, comme Cadmos, des cités avec des dents, a repeuplé mille forêts de tous les mystères de la zoologie. »

Cuvier comme Champollion appartient à cette génération qui se passionna pour les systèmes. La pensée qui s'échafaude alors et qui tente de bâtir des édifices immenses à partir des indices les plus fragiles, le rêve à partir des ruines qui se poursuivra jusqu'à Freud donnent naissance à un nouvel exotisme, la dérive des siècles épousant celle des continents, au moment où il n'y a plus de terre à découvrir. De ce point de vue, il est significatif que Champollion ait ressuscité la langue et la civilisation égyptiennes avant même de se rendre sur les lieux. Lorsqu'il parcourt enfin l'Égypte (son voyage remis plusieurs fois rappelle les obstacles rencontrés par Freud sur le chemin de Rome), c'est pour vérifier à chaque pas la validité de ses hypothèses, et dans sa correspondance il a plusieurs fois un cri de triomphe parce qu'il n'y a rien à changer. Après tant de navigateurs, de missionnaires, d'explorateurs attirés au contraire par le vertige et le gouffre de l'inconnu, Champollion est le premier des voyageurs modernes.

Page 62

La meilleure preuve que l'écriture est aussi, ou entre autres, une suite d'affirmations arbitraires, d'erreurs qui finissent par faire foi, c'est le nom même donné aux populations indigènes d'Amérique du Nord, puisque les Indiens s'appellent ainsi à cause de la bévue célèbre de Christophe Colomb.

Page 63

Le mot « truchement », dont le sens premier est interprète, a la même origine (l'arabe *targuman*, qu'on retrouve dans le *trujaman* espagnol et le *turcimanno* italien) que le « drogman » bien connu des ambassades et des voyageurs en Orient, interprète lui aussi, devenu comme le truchement intermédiaire et médiateur, passeur d'une civilisation à une autre.

Page 65

Le mariage active évidemment ces échanges, et l'on voit des lignées entières changer de religion ou de continent. C'est ainsi que toute la descendance de Jean-François Champollion est américaine : son petit-fils, René Chéronnet, s'était fixé à New York, et son arrière-petite-fille s'appelait Adélaïde Knox.

Page 66

Champollion apparaît ainsi, tel qu'il se décrit lui-même, assis au centre d'un tableau de Joseph Angelelli intitulé « L'expédition littéraire franco-toscane en Égypte (1828-1829) ». On peut voir une copie de ce tableau au musée de Figeac.

Page 69

Au début du siècle dernier, en même temps que Champollion cherchait à déchiffrer les hiéroglyphes, le Cherokee Sequoyah cherchait le moyen d'écrire les mots de sa tribu. « Après avoir fractionné chaque mot en syllabes, écrit Philippe Jacquin dans *La Terre des Peaux-Rouges* (Découvertes/Gallimard, 1987), il emprunta des lettres à l'alphabet anglais ou inventa des symboles simples pour chacune d'elles. Les 86 caractères permettaient aux Cherokees d'apprendre à lire et à écrire. En 1821 parut le premier journal bilingue, le *Cherokee Phoenix*, et en 1840, l'Américain James Evans créa un alphabet encore employé aujourd'hui. »

Quant au langage par signes, cet espéranto gestuel ou ces hiéroglyphes animés dont se servaient les Indiens pour communiquer d'une tribu à l'autre, il est encore en usage — au moins au cinéma! On peut s'en faire une idée grâce au livre d'Iron Eyes Cody, *Indian talk* (Naturegraph Publishers, Happy Camp, California, 1970).

Page 70

« Nous savons ce que les animaux font, quels sont les besoins du castor, de l'ours, du saumon et des autres créatures, parce que, jadis, les hommes se mariaient avec eux, et qu'ils ont acquis ce savoir de leurs épouses animales... Les Blancs ont vécu peu de temps dans ce pays, et ils ne connaissent pas grand-chose au sujet des animaux ; nous, nous sommes ici depuis des milliers d'années et il y a longtemps que les animaux eux-mêmes nous ont instruits. Les Blancs notent tout dans un livre, pour ne pas oublier ; mais nos ancêtres ont épousé les animaux, ils ont appris tous leurs usages, et ils ont fait passer ces connaissances de génération en génération. » Claude Lévi-Strauss, qui donne cette citation de Jenness (« The Carrier Indians of the Bulkley River ») à la p. 51 de *La Pensée sauvage*, parle très justement de la « noble simplicité » d'un « savoir désintéressé et attentif, affectueux et tendre, acquis et transmis dans un climat conjugal et filial... ».

Page 71

La transformation du lion en ours, de Shakespeare à Fenimore Cooper, n'a rien pour surprendre Champollion, puisqu'il a rencontré une semblable métamorphose à propos de la lettre « L », ainsi qu'il le dit à la page 36 de la *Lettre à Dacier* : « Le λ est rendu par un *lion* ou une *lionne* dans une attitude de repos parfait. Nous trouverons le motif du choix de cet animal pour représenter la consonne λ, dans le mot égyptien *Labo* ou *Laboi*, employé dans les textes coptes, avec la signification de *Lionne*. Nous ferons observer que les mots exprimant l'idée de *Lionne*, en arabe *Lebouah*, et en hébreu *Lebieh*, sont parfaitement semblables au mot égyptien *Laboi* ; ajoutons même que ce mot, dont l'orthographe régulière paraît avoir été *Lafôi*, n'est qu'un mot composé signifiant *très-velu, valdè hirsutus*, et que c'est dans ce sens qu'on aurait aussi quelquefois appliqué ce nom à l'ours dans la version égyptienne des livres saints. » Ajoutons à notre tour que « très-velu » ou « hirsute » sont les mots qu'on emploie également pour dépeindre les Sauvages.

Page 73

On peut rapprocher le fait que les hiéroglyphes, pendant toute la période où ils étaient illisibles, aient été considérés comme sacrés, de la pratique des Tiwi vis-à-vis de certains noms, telle que la décrit Lévi-Strauss dans *La Pensée sauvage*, p. 278-279. Chez les Tiwi, le nom d'un défunt est prohibé, ainsi que tous les noms communs qui lui ressemblent phonétiquement. Tous ces noms impropres à l'usage passent alors dans la langue sacrée, réservée au rituel, où ils perdent progressivement leur signification, après quoi ils peuvent de nouveau servir à fabriquer des noms propres.

Page 81

Dans le chapitre XXXI des *Essais*, intitulé *Des cannibales*, Montaigne évoque l'épisode en ces termes lucides et tristement prémonitoires : « Trois d'entre eux, ignorant combien coûtera un jour à leur repos et à leur bonheur la connaissance des corruptions de deçà, et que de ce commerce naîtra leur ruine, comme je présuppose qu'elle soit déjà avancée, bien misérables de s'être laissé piper au désir de la nouvelleté, et avoir quitté la douceur de leur ciel pour venir voir le nôtre, furent à Rouen, du temps que le feu roi Charles neuvième y était. »

SOURCES

Jean-François CHAMPOLLION, *Lettre à M. Dacier* (Firmin Didot, 1822).
Lettres à Zelmire (L'Asiathèque, 1978).
Lettres à son frère, 1804-1818 (L'Asiathèque, 1984).
Lettres et journaux écrits pendant le voyage d'Égypte, Christian Bourgois, 1986.
Fenimore COOPER, *Le Dernier des Mohicans*, trad. de Georges Berton, Gallimard, 1974.
Hermine HARTLEBEN, *Champollion*, Pygmalion, 1983.

Champollion ne savait pas lire...	9
L'ombre du lion	17
La forêt déchiffrée	47
Le musée de l'homme	75
SCHOLIES	89
SOURCES	105

DU MÊME AUTEUR

Aux Éditions Gallimard

LE JARDIN DES LANGUES

LES BALCONS DE BABEL

EX LIBRIS

BOIS DORMANT

LES TROIS COFFRETS

LE MANTEAU DE FORTUNY

LE DERNIER DES ÉGYPTIENS

VIES ANTÉRIEURES

LA MÉMOIRE AIME CHASSER DANS LE NOIR

L'AUTRE HÉMISPHÈRE DU TEMPS

Aux Éditions Fata Morgana

LEÇON DE CHINOIS

ROME OU LE FIRMAMENT

LES PETITES COUTUMES

CHOSES RAPPORTÉES DU JAPON

CINÉMA MUET

COLLECTION FOLIO

Dernières parutions

2765. Didier Daeninckx — *En marge.*
2766. Sylvie Germain — *Immensités.*
2767. Witold Gombrowicz — *Journal I (1953-1958).*
2768. Witold Gombrowicz — *Journal II (1959-1969).*
2769. Gustaw Herling — *Un monde à part.*
2770. Hermann Hesse — *Fiançailles.*
2771. Arto Paasilinna — *Le fils du dieu de l'Orage.*
2772. Gilbert Sinoué — *La fille du Nil.*
2773. Charles Williams — *Bye-bye, bayou!*
2774. Avraham B. Yehoshua — *Monsieur Mani.*
2775. Anonyme — *Les Mille et Une Nuits III (contes choisis).*
2776. Jean-Jacques Rousseau — *Les Confessions.*
2777. Pascal — *Les Pensées.*
2778. Lesage — *Gil Blas.*
2779. Victor Hugo — *Les Misérables I.*
2780. Victor Hugo — *Les Misérables II.*
2781. Dostoïevski — *Les Démons (Les Possédés).*
2782. Guy de Maupassant — *Boule de suif* et autres nouvelles.
2783. Guy de Maupassant — *La Maison Tellier. Une partie de campagne* et autres nouvelles.
2784. Witold Gombrowicz — *La pornographie.*
2785. Marcel Aymé — *Le vaurien.*
2786. Louis-Ferdinand Céline — *Entretiens avec le Professeur Y.*
2787. Didier Daeninckx — *Le bourreau et son double.*
2788. Guy Debord — *La Société du Spectacle.*
2789. William Faulkner — *Les larrons.*
2790. Élisabeth Gille — *Le crabe sur la banquette arrière.*

2791.	Louis Martin-Chauffier	*L'homme et la bête.*
2792.	Kenzaburô Ôé	*Dites-nous comment survivre à notre folie.*
2793.	Jacques Réda	*L'herbe des talus.*
2794.	Roger Vrigny	*Accident de parcours.*
2795.	Blaise Cendrars	*Le Lotissement du ciel.*
2796.	Alexandre Pouchkine	*Eugène Onéguine.*
2797.	Pierre Assouline	*Simenon.*
2798.	Frédéric H. Fajardie	*Bleu de méthylène.*
2799.	Diane de Margerie	*La volière* suivi de *Duplicités.*
2800.	François Nourissier	*Mauvais genre.*
2801.	Jean d'Ormesson	*La Douane de mer.*
2802.	Amos Oz	*Un juste repos.*
2803.	Philip Roth	*Tromperie.*
2804.	Jean-Paul Sartre	*L'engrenage.*
2805.	Jean-Paul Sartre	*Les jeux sont faits.*
2806.	Charles Sorel	*Histoire comique de Francion.*
2807.	Chico Buarque	*Embrouille.*
2808.	Ya Ding	*La jeune fille Tong.*
2809.	Hervé Guibert	*Le Paradis.*
2810.	Martín Luis Guzmán	*L'ombre du Caudillo.*
2811.	Peter Handke	*Essai sur la fatigue.*
2812.	Philippe Labro	*Un début à Paris.*
2813.	Michel Mohrt	*L'ours des Adirondacks.*
2814.	N. Scott Momaday	*La maison de l'aube.*
2815.	Banana Yoshimoto	*Kitchen.*
2816.	Virginia Woolf	*Vers le phare.*
2817.	Honoré de Balzac	*Sarrasine.*
2818.	Alexandre Dumas	*Vingt ans après.*
2819.	Christian Bobin	*L'inespérée.*
2820.	Christian Bobin	*Isabelle Bruges.*
2821.	Louis Calaferte	*C'est la guerre.*
2822.	Louis Calaferte	*Rosa mystica.*
2823.	Jean-Paul Demure	*Découpe sombre.*
2824.	Lawrence Durrell	*L'ombre infinie de César.*
2825.	Mircea Eliade	*Les dix-neuf roses.*
2826.	Roger Grenier	*Le Pierrot noir.*
2827.	David McNeil	*Tous les bars de Zanzibar.*
2828.	René Frégni	*Le voleur d'innocence.*
2829.	Louvet de Couvray	*Les Amours du chevalier de Faublas.*

2830.	James Joyce	*Ulysse.*
2831.	François-Régis Bastide	*L'homme au désir d'amour lointain.*
2832.	Thomas Bernhard	*L'origine.*
2833.	Daniel Boulanger	*Les noces du merle.*
2834.	Michel del Castillo	*Rue des Archives.*
2835.	Pierre Drieu la Rochelle	*Une femme à sa fenêtre.*
2836.	Joseph Kessel	*Dames de Californie.*
2837.	Patrick Mosconi	*La nuit apache.*
2838.	Marguerite Yourcenar	*Conte bleu.*
2839.	Pascal Quignard	*Le sexe et l'effroi.*
2840.	Guy de Maupassant	*L'Inutile Beauté.*
2841.	Kôbô Abé	*Rendez-vous secret.*
2842.	Nicolas Bouvier	*Le poisson-scorpion.*
2843.	Patrick Chamoiseau	*Chemin-d'école.*
2844.	Patrick Chamoiseau	*Antan d'enfance.*
2845.	Philippe Djian	*Assassins.*
2846.	Lawrence Durrell	*Le Carrousel sicilien.*
2847.	Jean-Marie Laclavetine	*Le rouge et le blanc.*
2848.	D.H. Lawrence	*Kangourou.*
2849.	Francine Prose	*Les petits miracles.*
2850.	Jean-Jacques Sempé	*Insondables mystères.*
2851.	Béatrix Beck	*Des accommodements avec le ciel.*
2852.	Herman Melville	*Moby Dick.*
2853.	Jean-Claude Brisville	*Beaumarchais, l'insolent.*
2854.	James Baldwin	*Face à l'homme blanc.*
2855.	James Baldwin	*La prochaine fois, le feu.*
2856.	W.-R. Burnett	*Rien dans les manches.*
2857.	Michel Déon	*Un déjeuner de soleil.*
2858.	Michel Déon	*Le jeune homme vert.*
2859.	Philippe Le Guillou	*Le passage de l'Aulne.*
2860.	Claude Brami	*Mon amie d'enfance.*
2861.	Serge Brussolo	*La moisson d'hiver.*
2862.	René de Ceccatty	*L'accompagnement.*
2863.	Jerome Charyn	*Les filles de Maria.*
2864.	Paule Constant	*La fille du Gobernator.*
2865.	Didier Daeninckx	*Un château en Bohême.*
2866.	Christian Giudicelli	*Quartiers d'Italie.*
2867.	Isabelle Jarry	*L'archange perdu.*
2868.	Marie Nimier	*La caresse.*

2869.	Arto Paasilinna	*La forêt des renards pendus.*
2870.	Jorge Semprun	*L'écriture ou la vie.*
2871.	Tito Topin	*Piano barjo.*
2872.	Michel Del Castillo	*Tanguy.*
2873.	Huysmans	*En Route.*
2874.	James M. Cain	*Le bluffeur.*
2875.	Réjean Ducharme	*Va savoir.*
2876.	Mathieu Lindon	*Champion du monde.*
2877.	Robert Littell	*Le sphinx de Sibérie.*
2878.	Claude Roy	*Les rencontres des jours 1992-1993.*
2879.	Danièle Sallenave	*Les trois minutes du diable.*
2880.	Philippe Sollers	*La Guerre du Goût.*
2881.	Michel Tournier	*Le pied de la lettre.*
2882.	Michel Tournier	*Le miroir des idées.*
2883.	Andreï Makine	*Confession d'un porte-drapeau déchu.*
2884.	Andreï Makine	*La fille d'un héros de l'Union soviétique.*
2885.	Andreï Makine	*Au temps du fleuve Amour.*
2886.	John Updike	*La Parfaite Épouse.*
2887.	Daniel Defoe	*Robinson Crusoé.*
2888.	Philippe Beaussant	*L'archéologue.*
2889.	Pierre Bergounioux	*Miette.*
2890.	Pierrette Fleutiaux	*Allons-nous être heureux ?*
2891.	Remo Forlani	*La déglingue.*
2892.	Joe Gores	*Inconnue au bataillon.*
2893.	Félicien Marceau	*Les ingénus.*
2894.	Ian McEwan	*Les chiens noirs.*
2895.	Pierre Michon	*Vies minuscules.*
2896.	Susan Minot	*La vie secrète de Lilian Eliot.*
2897.	Orhan Pamuk	*Le livre noir.*
2898.	William Styron	*Un matin de Virginie.*
2899.	Claudine Vegh	*Je ne lui ai pas dit au revoir.*
2900.	Robert Walser	*Le brigand.*
2901.	Grimm	*Nouveaux contes.*
2902.	Chrétien de Troyes	*Lancelot ou le chevalier de la charrette.*
2903.	Herman Melville	*Bartleby, le scribe.*
2904.	Jerome Charyn	*Isaac le mystérieux.*

2905.	Guy Debord	*Commentaires sur la société du spectacle.*
2906.	Guy Debord	*Potlatch (1954-1957).*
2907.	Karen Blixen	*Les chevaux fantômes et autres contes.*
2908.	Emmanuel Carrère	*La classe de neige.*
2909.	James Crumley	*Un pour marquer la cadence.*
2910.	Anne Cuneo	*Le trajet d'une rivière.*
2911.	John Dos Passos	*L'initiation d'un homme : 1917.*
2912.	Alexandre Jardin	*L'île des gauchers.*
2913.	Jean Rolin	*Zones.*
2914.	Jorge Semprun	*L'Algarabie.*
2915.	Junichirô Tanizaki	*Le chat, son maître et ses deux maîtresses.*
2916.	Bernard Tirtiaux	*Les sept couleurs du vent.*
2917.	H.G. Wells	*L'île du docteur Moreau.*
2918.	Alphonse Daudet	*Tartarin sur les Alpes.*
2919.	Albert Camus	*Discours de Suède.*
2921.	Chester Himes	*Regrets sans repentir.*
2922.	Paula Jacques	*La descente au paradis.*
2923.	Sybille Lacan	*Un père.*
2924.	Kenzaburô Oé	*Une existence tranquille.*
2925.	Jean-Noël Pancrazi	*Madame Arnoul.*

Composition Euronumérique.
Impression Bussière
à Saint-Amand (Cher), le 12 février 1997.
Dépôt légal : février 1997.
Numéro d'imprimeur : 359.
ISBN 2-07-040162-6./Imprimé en France.

79242